Befreiung vom Müll

Roman

von Günther Teufel

Inhalt

Prolog

„Karl, komm mit, ich will dir meinen Onkel vorstellen". Karl erhob sich, entschuldigte sich bei seinem Gesprächspartner und folgte seiner frisch angetrauten Braut Miriam.

Sie feierten den zweiten Tag ihrer Hochzeit. Im Haus von Miriams Eltern in einem kleinen Ort an der holländischen Grenze hatten sich die Mitglieder beider Familien und Freunde aus der näheren Umgebung eingefunden. Man saß in dem geräumigen Wohnzimmer verstreut bei Kaffee und Kuchen in kleinen Gruppen zusammen.

Am Vorabend hatten Karl und Miriam mit ihren Freunden in Köln ausgelassen gefeiert. Dort wohnten sie in Karls Wohnung, die sich in bevorzugter Lage gegenüber dem Volksgarten befand. Karl war als Anwalt in einer Wirtschaftskanzlei tätig, Miriam betrieb eine Boutique am Wohnort ihrer Eltern, sodass sie sich nur an Wochenenden oder freien Tagen sehen konnten. Sie waren jung und verliebt und hatten nach einer nur viermonatigen Phase des Kennenlernens kurz entschlossen geheiratet. Wie sie ihr Zusammenleben gestalten wollten, wo sie wohnen und wie sie ihre beruflichen Tätigkeiten koordinieren würden, das überließen sie unbesorgt der göttlichen Vorsehung.

Einen gewissen Zwang zur Eheschließung hatte der gemeinsame Nachwuchs ausgeübt, ein weiblicher Rottweilerwelpe, den sie *Ernie* getauft hatten. Dieser war ihnen von Miriams früherem Freund anlässlich eines Besuchs in Köln kurzer Hand mitgebracht worden. Nun hätten die beiden dieses etwas ausgefallene Geschenk mit Hinweis auf die schwierigen Umstände einer Tierhaltung in der Großstadt oder angesichts des Umstandes, dass Miriam bereits einen zehn Jahre alten Basset hielt, zurückweisen können; dies kam aber weder Miriam noch Karl in den Sinn. Sie waren beide vernarrt in Hunde. Und so verband sie neben den Honeymoon-Gefühlen die gemeinsame Sorge um das Wohlergehen ihres Hundebabys.

Miriam führte Karl zu der Sitzgruppe um die Wohnzimmercouch, wo sich ihre Mutter mit einem Ehepaar angeregt unterhielt.

„Das ist mein Ehemann Karl", stellte sie ihn vor, „Karl, das ist meine Tante Hiltrut mit ihrem Mann, meinem lieben Onkel Hans".

Man reichte sich mit zurückhaltend freundlichem Lächeln die Hand. Karl schob sich einen Sessel zurecht und nahm neben seiner Schwiegermutter Platz. Dabei hatte er Gelegenheit, seine neue Tante Hiltrut und ihren Mann etwas genauer zu mustern. Er schätzte ihrer beider Alter auf Mitte vierzig. Onkel Hans war groß und massig, sah aber in seinem gut geschnittenen Anzug ausgesprochen stattlich aus. Er hatte ansprechende Gesichtszüge, intelligent blickende Augen und wirkte auf Anhieb sympathisch. ‚Ein gestandener Mann, der weiß, was er will‘, dachte Karl.

Seine Frau Hiltrut verkörperte die Eleganz vom Lande. Sie musste in jungen Jahren eine Schönheit gewesen sein. Ihre Gesichtszüge waren idealtypisch gleichmäßig, die hohe Stirn wurde von einer Ponyfrisur halb verdeckt, was ihr ein mädchenhaftes Aussehen verlieh. Dieser Eindruck wurde durch die kurze Nase und die großen Augen unterstrichen. Ihre vollen Lippen signalisierten Sinnlichkeit. Karl saß zu weit entfernt, um ihr Parfüm wahrnehmen zu können, er konnte es aber geradezu körperlich spüren, dass sie hinreißend gut riechen musste. Nur am Blick ihrer dunklen Augen war zu erkennen, dass sie kein verspielter Lolita-Typ, sondern eine Frau mit stählernem Durchsetzungsvermögen war. Jetzt waren die Haare leicht gefärbt, die Lippen stark geschminkt, das Rouge etwas kräftig aufgetragen und die Fingernägel dunkelrot lackiert. Ihre Figur zeigte die Spuren von Wohlstand, gutem Essen und wenig Sport, noch wohlgeformt, aber nicht mehr laufstegtauglich.

Ihre Kleidung und ihr Schmuck dürften Onkel Hans ein kleines Vermögen gekostet haben. Dabei war ihr Stil über jeglichen Zweifel erhaben. Alles passte in Form und Farbe perfekt zusammen. Es war nur eben keine schlichte Eleganz, sondern ein gekonntes Zusammenspiel von Prunk und Geschmack. Im Kölner Karneval hätte Karl sich um einen Tanz mit ihr gerissen. Er konnte nicht ahnen, dass ihm ein kleiner ungewollter erotischer Kontakt in der Zukunft noch bevorstehen sollte.

Als er sich gesetzt hatte, musste er von sich erzählen. Das tat er im Allgemeinen nicht so gerne, doch ihm war klar, dass die Verwandtschaft seiner Frau einen durchaus legitimen Anspruch darauf hatte, zu erfahren, wer künftig den Familienkreis erweitern würde.

Miriams Familie hielt untereinander einen guten und engen Kontakt, soviel hatte Karl schon mitbekommen. Das schätzte er auch. Seine eigene Familie lebte weit verstreut und die Kontakte waren entsprechend selten geworden. Er hatte seinen

Weg seit dem Studium als Solitär gehen müssen. Schon vor der Hochzeit war er verschiedene Male bei Miriams Eltern gewesen und hatte sich in der häuslichen Atmosphäre sehr wohl gefühlt. Sie bewohnten ein großes Haus im niederländischen Stil, was ihn wohltuend an die Aufenthalte bei seinen holländischen Großeltern in der Kindheit erinnerte.

Karl erzählte, wie er Miriam kennengelernt hatte - im bierseligen Freundeskreis neigte er schon einmal zu dem Narrativ, sie sei ihm zugelaufen – und von seinem beruflichen Werdegang, von seinen Hobbys und weiteren Belanglosigkeiten. Tante Hiltrut zeigte freundliches Interesse und fragte, wie er sich das Zusammenleben bei der Ortsverschiedenheit ihrer beruflichen Tätigkeiten vorstelle. Das war natürlich ein wunder Punkt, weil es dazu keinen Plan gab. Karl wusste auch nicht, was Miriam hierzu eventuell schon geäußert haben könnte. Ihm war aber auch deutlich, dass er diese Frage nicht im Raum stehen lassen konnte, das hätte ihn als zielstrebigen jungen Mann disqualifiziert. So musste eine Geschichte her. Dabei half ihm seine juristische Berufserfahrung, die ihn gelehrt hatte, immer eine Antwort zu finden. Er äußerte:

„Wir werden Miriams Boutique aufbauen, Umsatz und Ertrag pushen und dann einen Fünf-Jahres-Wirtschaftsplan mit steil nach oben zeigender Prognose erstellen. Dann wird ein Käufer gesucht. Da der Kaufpreis immer für die Zukunftserwartung gezahlt wird, können wir auf diese Art versuchen, einen guten Deal zu erreichen. Notfalls kann man sich dann im Vertrag auf eine Nachbesserungs- oder Verböserungsklausel einlassen. Dann suchen wir in Köln ein Ladenlokal in guter Lage, in dem Miriam neu anfängt. Und dann wiederholen wir das Spiel".

Onkel Hans hatte aufmerksam zugehört. Er fragte Karl:

„Haben Sie beruflich mit Wirtschaftsrecht zu tun?"

„Ja sicher", antwortete Karl, „wir sind eine Kanzlei mit Wirtschaftsprüfern, Steuerberatern und Anwälten. Ich bin der jüngste und werde mich demnächst mit Insolvenzrecht befassen, sobald ich den Fachanwalt für Steuerrecht gemacht habe. Wirtschaftsrecht hat mich schon interessiert, als ich noch Amtsrichter war. Ich habe dann bei der Justiz aufgehört, weil ich es satt hatte, mich mit Bußgeldverfahren und Mietstreitigkeiten befassen zu müssen".

Tante Hiltrut hatte sich die hochtrabenden Pläne von Karl mit skeptischem Blick angehört, Miriam war vor Entsetzen ganz still geworden, aber Karl hatte sein Ziel erreicht: die Wohnortfrage wurde nicht vertieft. Man verfiel in allgemeinen Small-

Talk, sprach über attraktive Urlaubsziele, die holländischen Wohnwagen auf deutschen Autobahnen und die Wetteraussichten.

Miriams Bruder hatte sich verschmitzt grinsend zu der Gruppe gesellt und sagte in verschwörerischem Flüsterton:

„Das müsst ihr euch ansehen, die Mutter von Thomas sitzt in Vaters neu bezogenem Fernsehsessel. Ihr Kleid ist aus demselben Stoff wie der Bezug. Ich habe gedacht, sie wäre dort eingenäht".

Das war für Karl und Miriam ein willkommener Anlass, die Gesprächsrunde zu verlassen. Sie entschuldigten sich und gingen in den Nebenraum, um das Kuriosum zu betrachten.

Es war wie ein gelungener Gag zum Kindergeburtstag. Die ältere Dame saß in dem großen Sessel, man nahm aber beim ersten Hinblicken nur ihren Kopf und ihre Beine wahr. Der Körper schien tatsächlich vom Sessel verschluckt zu sein. Es hätte eine Zirkusnummer *Dame ohne Leib* sein können. Der Stoff ihres Kleides war völlig identisch mit dem Bezug des Sessels. Sie wirkte wie ein Teil des Sessels. Miriam unterdrückte mühsam einen Lachanfall, machte auf der Stelle kehrt und Karl hörte sie im Flur lauthals losprusten. Er zwang sich, unbefangen auf die Dame zuzugehen, um die Situation zu retten. Nach einigen unverbindlichen Worten ging er zu einer anderen Gästegruppe und ließ seinem Lachreiz ebenfalls freien Lauf.

Die meisten Gäste waren noch zum Abendessen geblieben, es wurden Familiengeschichten ausgetauscht, dann konnten Karl und Miriam sich mit ihrem Rottweilerwelpen auf die Rückfahrt nach Köln machen. Miriam hatte ihr Geschäft für einige Tage einer Angestellten überlassen und Karl hatte Urlaub genommen. Diese Zeit genossen sie in vollen Zügen. Die kleine Hündin war noch nicht stubenrein und inzwischen war wohl jeder Quadratmeter der mit Teppich ausgelegten Wohnung einmal durchnässt worden. Aber sie liebten ihre *Ernie* innig und nahmen den immensen Verbrauch an Trockentüchern gerne hin. Frühmorgens ging Karl mit ihr eine erste Runde durch den Volksgarten, mittags machten sie alle gemeinsam einen Spaziergang durch den Stadtwald und abends ging es wieder in den Volksgarten. Als *Ernie* einmal von einer Boxerhündin attackiert wurde und ängstlich zurückwich, nahm Karl sie auf den Arm und sagte tröstend:

„Wenn du groß bist, kommen wir wieder, dann lernt der Boxer das Fürchten".

An einem der Abende, an denen sie in trauter Runde zusammensaßen, sagte Miriam:

„Onkel Hans hat mich angerufen und gesagt, er wollte mit dir gelegentlich ein Gespräch führen. Er sucht für sein Unternehmen einen Juristen".

Karl wusste inzwischen, dass Onkel Hans ein Unternehmer in der Müllbranche war. Mit Abfall verband sich für ihn der Mülleimer vor der Tür, der turnusmäßig geleert wurde, mehr wusste er von dem Geschäft nicht. Er hatte sich wohl schon einmal überlegt, ob er versuchen sollte, Onkel Hans als Klienten für die Kanzlei zu gewinnen, aber Miriams Worte machten ihn jetzt sprachlos. Er betrachtete sich als gestandenen Anwalt, er war auch durchaus erfolgreich in den zwei Jahren, die er in der Kanzlei arbeitete. Und jetzt bekam er ein Angebot von der Müllabfuhr! Er gab Miriam mit leicht säuerlicher Miene zu verstehen, dass seine beruflichen Ziele anders aussähen. Miriam reagierte etwas verlegen, sie hatte Onkel Hans wohl schon gewisse Zusagen gemacht. Sie bat Karl, doch wenigstens mit ihrem Onkel zu sprechen. Dagegen war natürlich wenig einzuwenden und Karl sagte zu, mit dem inneren Vorbehalt, sich auf nichts einzulassen.

Das Unternehmen hatte mehrere Standorte und Karl traf sich mit Onkel Hans an dem nächst gelegenen, einer Niederlassung im Kölner Süden. Karl hatte einen Betriebshof erwartet, wie er ihn von Schrottplätzen kannte. Er war daher erstaunt, ein stattliches Bürogebäude zu sehen, hinter dem sich eine geteerte Freifläche weitläufig erstreckte und auf dem ein Werkstattgebäude stand. Dort waren in Reih und Glied wohl vierzig Fahrzeuge aufgereiht, große Lkw zum Leeren der Abfallbehälter mit entsprechenden Aufbauten, Kehrmaschinen und Lkw-Fahrgestelle, von denen Karl später erfuhr, dass sie Multilift oder Absetzkipper genannt wurden. Ferner sah er wohl tausend neue Mülleimer, die ordentlich ineinander gestapelt einen Teil des Betriebshofs belegten.

Vor dem Bürogebäude waren Parkplätze, auf denen mehrere weiße Mercedes-Limousinen sowie ein schwarzer Mercedes der S-Klasse standen. Karl vermutete, dass letzterer das Auto von Onkel Hans war. Als Karl einen Parkplatz gefunden und eingeparkt hatte, kam dieser mit jovialem Lächeln aus dem Gebäude, um ihn zu begrüßen. Sie gingen an einer Sekretärin vorbei in ein großes Büro, in dem ein sorgfältig gekleideter Mann, Karl vermutete, dass es der Niederlassungsleiter war, am Schreibtisch saß. Onkel Hans bat diesen, ihn mit Karl alleine zu lassen und die Sekretärin mit einer Kanne Kaffee und zwei Tassen zu schicken. Das Büro war zweckmäßig, aber mit gutem Mobiliar eingerichtet. Vor dem Schreibtisch stand ein runder Besprechungstisch mit vier bequemen Stühlen. An der Wand hingen einige Bilder mit Müllfahrzeugen und ein Bild mit einer kleinen Segelyacht. Karl erkannte in ihr eine *Dufour Yachts 29* von knapp 9 Metern. Der Niederlassungsleiter war offenbar Segler, denn er war auf dem Bild neben dem Mast stehend zu erkennen.

Das Treffen öffnete Karl den Blick in eine ihm bis dahin unbekannte Welt; er nannte es später einmal „seine Müll- Offenbarung", noch nicht ahnend, dass das lutherische Verständnis des Begriffs *Offenbarung* als Apokalypse auch eine gewisse Berechtigung gehabt hätte.
Als der Niederlassungsleiter den Raum verließ, wandte er sich kurz an Onkel Hans:
„Chef, kann ich Sie im Anschluss noch kurz sprechen?"
Onkel Hans war in seinem direkten beruflichen Umfeld unverkennbar der Chef, er strahlte Ruhe, Autorität und Selbstsicherheit aus. Er erklärte Karl die Strukturen der Entsorgungswirtschaft, die Wege der Abfallarten und die innovativen Ansätze seines Unternehmens zur ökologischen Optimierung des Umgangs mit dem Abfall. In dieser Materie war er zuhause, das war deutlich zu spüren. Karl war erstaunt über die Größe des Unternehmens. Er saß hier in einer Niederlassung und neben der Hauptniederlassung, die sich am Verwaltungssitz des Unternehmens befand, gab es zwei weitere Niederlassungen und mehrere Deponien sowie eine großtechnische Recyclinganlage, die, wie Onkel Hans mit Stolz bemerkte, die erste ihrer Art in der ganzen Republik war.
Karl lernte schon bei diesem ersten Treffen eine Fähigkeit von Onkel Hans kennen, die er in späteren Jahren immer wieder mit Bewunderung konstatierte: er konnte Leute für sich einnehmen, ihnen seinen Standpunkt in einer Art übermitteln, dass sie glaubten, nur so sei es richtig. Was ihm an geschliffener Diktion fehlte, wurde durch die Macht seiner Worte, seine Gestik und die Darstellung seiner inneren Überzeugung mehr als ausgeglichen. Karl glaubte sogar irgendwann später einmal, der Anflug von Unbeholfenheit beim Formulieren sei ein einstudierter rhetorischer Trick.

Als sie sich zum dritten Mal trafen, überreichte Karl den von ihm unterzeichneten Anstellungsvertrag. Er hatte seinen Berufsweg dem Müll anvertraut und es sollte ein Jahr vergehen bis er seine Unschuld verlor.

Kapitel 1 – Ein Leben im Müll

Chalet gegen Auftrag

„Herr Doktor, ich wollte noch etwas mit Ihnen besprechen". Karl saß mit Jan Frowijn, dem Leiter der Hauptniederlassung, in seinem Büro. Sie hatten das letzte Monatsergebnis und die Vertragsverlängerung mit einer Kommune besprochen. Karl horchte auf. Bei so einem Nachsatz ging es meistens um einen besseren Dienstwagen. Das war dauerhaft ein leidiges Thema. Die Leiter der Niederlassungen, der Deponien und die Prokuristen der Verwaltung fuhren Diesel-Mercedes mit einer kleinen Maschine. Das war der 200D. Ein 220D war der Wunschtraum aller. Dieses Modell war allerdings der Geschäftsleitung vorbehalten. Karl als kaufmännischer Direktor zählte dazu. Es gab im Unternehmen auch einen technischen Direktor, einen Verfahrenstechniker, der einen solchen 220D fuhr.

Bei Karls Eintritt in die Firma hatte Onkel Hans ihm die Dienstwagenregelung erklärt und ihm angeboten, die Ausstattung seines 220D frei auszuwählen. Karl fuhr zu diesem Zeitpunkt seinen ersten kreditfinanzierten Porsche. Er war autoaffin. Einen Diesel zu fahren, wäre ihm als Albtraum erschienen, geradezu als Eingriff in sein Persönlichkeitsrecht. Deshalb sagte er mit Entschlossenheit zu Onkel Hans, mit dem er das formelle *Sie* auch später beibehalten sollte:

„Wenn Sie einen Beamten für den Job suchen, ist das Auto richtig. Ich habe mir meine Aufgabe aber dynamischer vorgestellt. Das sollte sich doch auch im Dienstwagen widerspiegeln. Ich schlage vor, dass ich meinen Porsche als Dienstwagen benutze".

Dabei blieb es.

Das hatte natürlich die Maßstäbe der Dienstwagenregelung etwas aufgeweicht und Karl war gespannt, was Frowijn nun wünschte.

„Ich höre", sagte er.

Es ging aber um eine völlig andere Angelegenheit. Was Karl zu hören bekam, ließ ihm die Haare zu Berge stehen.

„Wir haben aus der Übernahme des Betriebes, in dem ich früher tätig war, ein Nutzungsrecht an einem Chalet in der Schweiz. Das liegt ein Stück hinter dem Genfer See im Skigebiet der *4-Vallées*. Es wird von Geschäftsfreunden und Kollegen genutzt, und ich verwalte den Belegungsplan. Ich habe gehört, dass Sie begeisterter Skiläufer sind und dachte, das wäre doch auch etwas für Sie".

Dabei lächelte er ein wenig gönnerhaft.

„Das müssen Sie mir erklären. Wie kommen wir an ein Chalet?", fragte Karl.

Frowijn erklärte:

„In meinem früheren Betrieb, an dessen Übernahme Sie ja beteiligt waren, hatten wir einen Großauftrag von einem Edelstahlwerk. Dort fuhren täglich mehrere unserer Absetzkipper werksinterne Transporte. Vereinbart war ein Stundensatz. Mit dem Einkäufer hatte ich mich angefreundet. Der sagte eines Tages, er habe ein Grundstück in der Schweiz und wolle ein Chalet bauen. Um das zu finanzieren, werde er es vermieten, dabei habe er an uns gedacht. So kam es, dass die Firma das Chalet dauerhaft angemietet hat und wir die Mietkosten über den Auftrag wieder hereingeholt haben".

„Dann läuft der Auftrag mit Verlust?", argwöhnte Karl.

Frowijns Lächeln wurde jetzt hybrid.

Er erklärte:

„Der Auftrag ist einer unserer profitabelsten. Die Fahrzeuge passieren morgens das Eingangstor, wo die Uhrzeit notiert wird. Abends, beim Herausfahren, wird die Zeit wieder festgehalten und geht in unseren Lieferschein ein, den der Einkäufer abzeichnet".

„Ja und?", fragte Karl.

Frowijn behielt sein unerträgliches Lächeln bei und erläuterte in fast verschwörerischem Ton:

„Tagsüber verlassen die Fahrzeuge unbemerkt durch ein nicht bewachtes Tor das Werksgelände und fahren andere Aufträge, bevor sie durch dieses Tor wieder auf das Werksgelände zurückkehren. Den Schlüssel zu diesem Tor haben wir von dem Einkäufer", erklärte er.

„Das glaube ich jetzt nicht", stöhnte Karl, „das war bei der Firmenübernahme aus den uns vorgelegten Unterlagen nicht erkennbar. Da hätten wir ja genauso gut ein Lager mit Diebesgut kaufen können".

Er erinnerte sich sehr genau an die Abwicklung dieses Unternehmenskaufs. Es war vor gut einem Jahr eine seiner ersten Aktivitäten bei Onkel Hans gewesen. Eine große niederländische Spedition war damals Inhaberin eines Containerbetriebes in der Nähe von Onkel Hans´ Betrieb und machte dessen Niederlassung mit Kampfpreisen das Leben schwer. Dieser unliebsame Wettbewerb musste durch Kauf bereinigt werden. Da der geforderte Kaufpreis anspruchsvoll war und man Marktfrieden mit einem großen Wettbewerber im lokalen Markt zu bewahren hatte, wurde der Containerbetrieb gemeinsam mit diesem erworben. Die Aktiva und der Kundenbestand wurden anschließend aufgeteilt. Frowijn war Außendienstler bei dem Containerbetrieb und wurde übernommen. Da er naturgemäß die Kunden und Preise in- und auswendig kannte, legte Onkel Hans Wert darauf, ihn zu übernehmen, um bei der Aufteilung des

Kundenbestands das längere Ende des Streichholzes in der Hand zu halten. Dieser Schachzug leuchtete Karl auf Anhieb ein und er ärgerte sich, dass er nicht selbst darauf gekommen war. Er hatte damals den Juniorchef des Wettbewerbers kennen gelernt. Der war technikaffin und untersuchte die zu übernehmenden Fahrzeuge mit Sachverstand, wahrscheinlich um hierbei den besseren Part zu erwischen. Karl bewunderte heimlich seine Kenntnisse, vor allem aber imponierte ihm dessen Mercedes 500SL, der mit allen Zutaten aus der Tuningszene versehen war. Onkel Hans hasste ihn, was auf Gegenseitigkeit beruhte. Man war eben Wettbewerber in einer Branche, in der noch Reste atavistisch ausgetragener Grabenkämpfe um den Markt spürbar waren. Die Grundsätze vornehmer und ehrbarer Kaufmannschaft griffen erst allmählich Raum, wenn Unternehmen groß genug geworden waren, um sich nicht mehr mit hemdsärmeligen Methoden am Markt behaupten zu müssen. Onkel Hans hatte sein Unternehmen zu solcher Größe gebracht. Kleine Betrügereien passten nicht mehr zum Stil des Hauses.

„Das müssen wir sofort beenden", sagte Karl entschlossen, „regeln Sie das bitte!"

Frowijn hatte sein Lächeln beibehalten.

„Das geht nicht sofort, dann fallen wir auf und es gibt einen Riesenskandal. Ich verstehe aber auch nicht ganz, was Sie an dieser Handhabung zu bemäkeln haben. Wenn ich die Preisanpassungsklauseln in den Müllabfuhrverträgen mit unseren Kommunen betrachte, ziehen wir denen doch auch das Geld unbemerkt aus der Tasche".

Karl atmete tief durch. Frowijn war Niederländer mit reduziertem Unrechtsbewusstsein. Wobei er mit den Preisanpassungsklauseln aber nicht völlig danebenlag. Die Verträge mit den Kommunen hatten lange Laufzeiten, da mussten Schwankungen in den Betriebskosten zwar auf den Preis durchschlagen können, Onkel Hans hatte es aber verstanden, als Parameter für solche Anpassungen den Lohn und den Spritpreis durchzusetzen, und zwar dergestalt, dass die gesamte Unternehmervergütung diesen Parametern folgte, obwohl die Leistungserbringung nicht nur aus Lohn und Diesel bestand, sondern zu sicherlich dreißig Prozent auf Kosten beruhte, die überhaupt nicht stiegen. Das war den im Landbau und der Viehwirtschaft versierten kommunalen Entscheidungsträgern fremd, sie waren leichte Beute. Trotzdem war dies nicht mit dem offensichtlichen Betrug des Kunden in dem hier zur Diskussion stehenden Fall vergleichbar.

Karl belehrte Frowijn:

„Recht oder Unrecht entscheidet sich nicht an der merkantilen Größenordnung. Der Abschluss eines Vertrages hat immer eine Vorgeschichte. Da wird verhandelt und jeder darf seinen Vorteil suchen. Wenn man eine günstige

Vertragsbestimmung durchsetzen kann,   hätte der andere jedenfalls die Möglichkeit gehabt, abzulehnen. Wenn ich Stundenzettel vorlege und damit vorspiegele, die aufgeführte Zeit sei für den Kunden gearbeitet worden, ist das Betrug".

Frowijn hörte aufmerksam zu, aber Karl sah ihm an, dass er von solchen feinsinnigen Unterscheidungen nicht viel hielt. Er kam denn auch nochmals auf sein Chalet zurück und sagte:

„Ich habe schon einmal gedacht, wir könnten das Chalet kaufen, wenn mein Freund im Einkauf demnächst in Rente geht. Das würde sich gegenüber der laufenden Miete rechnen".

Jetzt fiel Karl fast vom Stuhl.

„Dann steht in unserer Bilanz neben Fahrzeugen und Deponiegrundstücken ein Chalet in der Schweiz. Das können Sie dann mal der Finanzverwaltung erklären. Wenn wir aus dem Mietvertrag nicht heraus kommen, tragen Sie den Aufwand aus Ihrer Niederlassung. Aber ich will der Zahl in keinem Betriebsergebnis begegnen. Und den Auftrag bei dem Kunden stellen Sie in Gottes Namen ohne Auffälligkeiten auf korrekte Füße".

Jetzt endlich war Frowijn sein Lächeln vergangen. Das Betriebsergebnis seiner Niederlassung war wegen der Ergebnisbeteiligung eine heilige Kuh. Jetzt ging es an das eigene Geld. Karl war sich aber sicher, dass Frowijn einen Weg finden würde. Er war als Niederlassungsleiter inzwischen eine echte Koryphäe, er erreichte die vorgegebenen Sollzahlen zuverlässig und wenn ein Monatsergebnis zu gut war, schob er den Überschuss ungesehen in den Folgemonat. Onkel Hans hielt zu Recht große Stücke auf ihn, ein echter *Müll-Kaufmann.*

„O.k., Herr Doktor, ich habe verstanden", verabschiedete Frowijn sich. In der Tür drehte er sich noch einmal um und sagte mit versöhnlichem Lächeln:

„Aber das Chalet steht Ihnen zur Verfügung, sagen Sie mir nur rechtzeitig Bescheid".

Karl musste nicht allzu lange mit sich kämpfen. Das Ganze war zwar mehr als anrüchig, aber er liebte die Berge im Winter, und das schweizerisch-französische Skikarussell der *4-Vallées* kannte er von einem Aufenthalt in *Avoriaz,* einer französischen Retortenstadt, von der man über verschiedene Lifte auf die schweizerische Seite gelangen konnte. Er mag sich gedacht haben, dass die kristallklare schweizerische Bergluft den Modergeruch der Korruption verdrängen würde.

Der ethische Kompass wird von der jeweiligen Branche geprägt; Karl war im Müll angekommen. Dass es hier kaum Peinlichkeiten gibt, sollte er einige Zeit später erfahren.

Das Müll-Restaurant

„Ich darf euch meine Nichte und ihren Mann vorstellen", sagte Onkel Hans zu einem Ehepaar gewandt, nachdem Karl und Miriam den Raum betreten und die bereits Anwesenden mit einem distinguierten „Guten Abend" begrüßt hatten. Neben Onkel Hans und seiner Frau Hiltrut war nur noch dieses Ehepaar im vorgerückten Alter anwesend, das Onkel Hans als Herrn und Frau Holtermanns vorstellte. Miriam und Karl waren von Miriams Tante Hiltrut eingeladen worden, an einem Essen in diesem Restaurant, das Tante Hiltrut in der vergangenen Woche gemeinschaftlich mit Frau Holtermanns von einem in der Region bekannten Gastronomen erworben hatte, teilzunehmen.

Karl hatte Mühe gehabt, den Weg zu dem Lokal zu finden, es lag nach Art eines verschwiegenen Romantikhotels in einem Waldstück verborgen. Das Haus war alt und groß, aber es strahlte schon beim Einbiegen auf den Parkplatz eine märchenhaft anmutende Atmosphäre aus. Es lag in einer Waldlichtung, durch große Fenster strahlte warmes Licht nach draußen und bildete so in der Dunkelheit einen anheimelnden Kontrast zu den bedrohlich wirkenden, in Finsternis gehüllten Bäumen. Der Weg zum Eingang führte an Sträuchern vorbei, die kunstvoll angestrahlt waren, sodass man trotz der Dunkelheit die kundige Hand eines erfahrenen Gärtners erkannte. Karl wusste von Miriam, dass Tante Hiltrut eine Leidenschaft für Pflanzen pflegte.

Der Weg zum Restaurant führte durch eine geräumige Lobby, in der sich eine Rezeption befand, die aber nicht besetzt war. Sie liefen durch in den Restaurantbereich und blickten suchend nach Onkel Hans und Tante Hiltrut. Das Lokal war besetzt. Ein Blick auf das Publikum offenbarte, dass es sich um ein

Restaurant gehobener Art handelte. Dazu passte das geschmackvolle Dekor ebenso wie die dezente Beleuchtung.

Als sie die Tischreihen ergebnislos durchlaufen hatten und etwas hilflos um sich blickten, kam ein Oberkellner mit beladenem Tablett vorbei und bat die beiden in leicht ärgerlichem Ton, den Weg für den Service frei zu halten. Auf dem Rückweg kam er wieder an ihnen vorbei. Jetzt blieb er stehen und sagte:

„Sie sehen doch, dass alle Tische belegt sind, Sie müssen sich rechtzeitig um eine Reservierung bemühen, aber werfen sie vorher einen Blick auf unsere Preisliste".

Dabei hatte er eine Haltung eingenommen, die deutlich machte, dass er Karl und Miriam nicht dem Personenkreis zurechnete, den er hier zu bedienen wünschte. Karl war entgegen seiner Gewohnheit sprachlos. Nun lernte er an seiner Frau eine Seite kennen, die ihm bislang verborgen geblieben war. Sie richtete sich auf und antwortete dem hochmütig dreinblickenden Oberkellner knapp:

„Meine Tante Hiltrut hat den Laden gekauft und sich mit uns hier verabredet. Informieren Sie sie bitte sofort, dass wir angekommen sind!"

Der Oberkellner blieb einen Augenblick stumm, dann wechselte er die Farbe.

„Dann sind Sie…", stammelte er fassungslos. Seine Haltung hatte sich wie von Zauberhand angerührt verändert, sein Blick war unterwürfig und seine Stimme demutsvoll geworden.

„Bitte folgen Sie mir, die Herrschaften befinden sich im Gesellschaftsraum im oberen Geschoß".

Miriam schritt mit Grandezza hinter dem zum Lakaien mutierten Oberkellner her und Karl folgte mit amüsiertem Lächeln.

Von der Lobby führte eine große Treppe in das obere Geschoß und dort auf einen langen Flur, von dem einige Zimmer abgingen. Der Oberkellner klopfte an die am Ende des Flurs gelegene Tür und kündigte die beiden an. Er fragte noch, was er als Aperitif bringen dürfe und verschwand. Der Gesellschaftsraum bestand aus einem Tisch für etwa acht Personen und einer massiven Sitzgruppe. Die Wände waren mit Stoff bezogen und üppige goldfarbene Leuchter erzeugten eine gedämpfte Beleuchtung. Alles war ansprechend dekoriert und auf verschiedenen Ecktischen standen Blumengestecke.

Miriam sah sich forschend um und flüsterte Karl zu:

„Wir hätten uns im Kostümverleih Klamotten aus den Fünzigerjahren besorgen sollen".

Sie hatte nicht ganz Unrecht, der Raum vermittelte eine Atmosphäre gediegener Behäbigkeit aus Großvaters Zeiten.

Karl sollte in der Folgezeit mit dem Herrn Oberkellner noch häufiger Kontakt pflegen, weil die Rechtsverhältnisse um das Restaurant alles andere als klar waren und Onkel Hans ihn gebeten hatte, Tante Hiltrut bei den juristischen Fragen zu unterstützen. Dazu war Karl häufiger in dem Lokal vor Ort.

Der Oberkellner, Karl sprach ihn jetzt salopp mit seinem Vornamen *Heinrich* an, lernte Buße zu üben. Zur Begrüßung pflegte Karl ihn zu fragen, wie viele Gäste er am Vortag wieder vergrault habe und quittierte mit Genugtuung sein verlegenes Lächeln, ließ ihn den im Wagen zurück gelassenen Mantel holen und erinnerte ihn von Zeit zu Zeit daran, dass seine Gattin ihm noch grolle. So genoss er eine Zeit lang die kalte Rache für den seinerzeitigen unverschämten Auftritt. Irgendwann aber nahm er ihn zur Seite und sagte ihm:

„Heinrich, ich habe gesehen, dass Sie ein ordentlicher und im Grunde doch freundlicher Mann sind. Ich bin ja bei den Herrschaften auch nur angestellt, also werden wir unser erstes Aufeinandertreffen vergessen und ein kollegiales Miteinander pflegen. Sie müssen nur dafür sorgen, dass ich immer einen Parkplatz neben dem Eingang finde“.

Dabei reichte er ihm die Hand, die Heinrich dankbar ergriff und ein ‚Sehr gerne Herr Doktor' wisperte.

Karl und Miriam begrüßten die Eheleute Holtermanns artig und setzten sich an den Tisch, der bereits für das Abendessen eingedeckt war. Karl saß neben Tante Hiltrut und gegenüber den Holtermanns. Er wusste, dass Onkel Hans aktuell den Plan verfolgte, geschäftliche Beziehungen zum Altpapierunternehmen Holtermanns aufzunehmen, was nach seinem Verständnis bedeutete, die Firma zu übernehmen.

Das war für Karl eine der zahlreichen Lektionen, in deren Genuss er bei Onkel Hans kam. Man durfte nie mit der Tür ins Haus fallen. Niemand veräußert sein Lebenswerk ohne Schmerz. Also muss man ihn sanft umgarnen. Man beginnt mit einfachen Lieferbeziehungen zu dem Unternehmen, führt das Opfer nach einer gewissen Zeit zu der Erkenntnis, dass eine feste Kooperation im beiderseitigen Interesse liege, dann irgendwann bringt man eine Beteiligung ins Spiel. Und nun kam Karls Aufgabe, einen Gesellschaftsvertrag zu schaffen, an dessen Ende einem die Anteile insgesamt zufallen. Auf dem Weg dahin gilt es, einen persönlichen Kontakt aufzubauen, der einen als Freund erscheinen lässt. Diesem Zweck diente dieser Abend. Bereits der gemeinsame Erwerb des Restaurants war ein Puzzlestein in diesem Spiel. Kein Mensch braucht ein eigenes Restaurant, um gut essen gehen zu können, aber die Kapitalbasis der Holtermanns war schon einmal geschwächt.

Onkel Hans war ein vorzüglicher Stratege, er blickte nicht auf den merkantilen Wert kurzfristiger Investitionen, er hatte das große Geld am Ende des Tunnels im Blick, und zwar zu einem Zeitpunkt, an dem andere, dazu zählte Karl sich selbst auch, noch gar keine Vorstellung davon haben, wohin der Tunnel führt.

Karl musterte sein Gegenüber. Holtermanns war ein grobschlächtiger Altstoffhändler, den man in einen teuren Anzug gesteckt hatte. Es war anzuerkennen, dass er es zu Wohlstand gebracht hatte. Auch er war in seinem Metier mit Sicherheit ein Experte, und geschenkt hatte man ihm auch nichts. In gewisser Weise war er sich treu geblieben. Man sah ihm an, dass er Bildung für Zeitverschwendung und Lebensart für Schnickschnack hielt. Was bedeutet schon die Kunst des Tenors, das dreigestrichene C zu treffen, gegenüber der Fertigkeit, an der Federwaage das Gewicht des anliefernden Kunden ungesehen zu manipulieren? Karl sollte im Laufe der Jahre noch viel von den Geheimnissen der zahlreichen im Unternehmen geführten Barkassen erfahren. Die Zeit der digitalen Ehrlichkeit lag noch in weiter Ferne. Als Chef der Deponiebetrieb sollte er durchschnittlich alle zwei Jahre einen Kassierer zu feuern haben, weil die Unehrlichkeit am Kunden in der Regel mit der Unehrlichkeit gegenüber dem eigenen Unternehmen einhergeht.

Jetzt überlegte Karl, wie man ein Gespräch anfangen konnte. Über Politik reden? Den Gedanken verwarf er sofort, das würde zu einem Niveau führen, auf dem er sich nicht bewegen mochte. Fußball? Davon kannte Karl zu wenig. Es hätte nahegelegen, über Altpapier zu sprechen, aber davon kannte Karl noch zu wenig, und er mochte nicht riskieren, in Anwesenheit von Onkel Hans bloßgestellt zu werden. In dieser Situation kam ihm unerwartet Tante Hiltrut zu Hilfe. Sie wandte sich an Holtermanns und fragte ihn:

„Schmeckt Ihnen der Wein? Ihre Frau und ich hatten uns für einen *Chablis* zum Hauptgang entschieden, weil der am besten zum Fisch passt. Aber ich sehe, Sie haben ein Steak, da wäre vielleicht ein Rotwein passender. Als der Oberkellner mit uns den Weineinkauf besprochen hatte, hat Ihre Frau ihm besonders an Herz gelegt, für eine ordentliche Weinkarte Sorge zu tragen, weil Sie als Weinkenner gelten. Als wir dann die Rechnung sahen, zuckten wir allerdings ein wenig zusammen. Billig war das nicht".

„Ja dann lassen Sie mich den Rotwein probieren. Aber einen *Bordeaux*", antwortete Holtermanns großspurig, um dem ihm soeben angedichteten Attribut des Connaisseurs gerecht zu werden, und er fügte hinzu: „Wir speisen und trinken hier ja wohl zum Einkaufspreis".

Onkel Hans lachte:

„Mein lieber Heinz Holtermanns, ob wir jetzt den vollen Preis oder gar nichts bezahlen, bleibt sich gleich. Der Verlust des Restaurants landet sowieso bei uns. Oder hast du gedacht, der Betrieb würde kostendeckend laufen? Hast du gesehen, wie viel unnötiges Personal sich hier herumtreibt?"

Onkel Hans hatte dies im jovialen Plauderton dahingesagt, aber es war der erste kleine Zug auf dem Schachbrett, der die Einkreisung des Königs einleitete.

Zwei Jahre später, als die Übernahme des Holtermannschen Betriebes konkret wurde, gehörten die Anteile an dem Restaurantbetrieb zum Paket. Darauf hatte Holtermanns bestanden; er wollte dieses finanzielle Debakel beenden. Onkel Hans war damit selbstverständlich einverstanden und zog den negativen Wert des Restaurantbetriebs vom Kaufpreis für den Altpapierbetrieb ab. Holtermanns fühlte sich trotzdem glücklich und erleichtert. Er hatte nicht einmal bemerkt, wie tief Onkel Hans in seiner Gesäßtasche nach dem Portemonnaie gegriffen hatte.

Im Augenblick gab Holtermanns sich aber erst einmal weltmännisch und antwortete:

„Du hast Recht, Hans, das mit dem überzähligen Personal war mir auch sofort aufgefallen. Aber egal, heute wollen wir erst einmal auf unsere Damen und ihr neues Hobby anstoßen. Es ist doch schön, dass wir nicht mehr bei fremden Leuten zum Essen gehen müssen. Zum Wohl".

Er leerte seinen Weißwein in einem genießerischen einzigen Zug und rief nach dem Oberkellner, um einen Rotwein zu ordern.

Es blieb nicht der einzige Toast an diesem Abend, die Stimmung nahm Fahrt auf. Miriam hatte es übernommen, als Chauffeur für die Rückfahrt nüchtern zu bleiben. Das fiel ihr nicht schwer, weil sie ohnehin keinen Alkohol trank. Karl war kein Kind von Traurigkeit, trank munter mit und bedachte die beiden Damen mit Komplimenten. Das kam gut an, offenbar zu gut, denn als man sich in weinseliger Laune über körperliche Fitness in mittlerem Lebensalter unterhielt, ergriff Tante Hiltrut plötzlich Karls rechte Hand, führte sie an ihren Busen und forderte ihn lauthals auf:

„Fühl mal, der ist doch noch ordentlich fest, oder?"

Karl erstarrte. Er wusste nicht, wohin er blicken sollte, hatten die anderen das gesehen? So schnell er konnte, zog er seine Hand zurück und ergriff sein Weinglas. Frau Holtermanns hatte den Vorgang sehr wohl beobachtet und rief Karl zu:

„Jetzt müssen Sie das aber zum Vergleich auch bei mir machen".

Karl bekam eine Gänsehaut. Hatte er den Kanon seiner Dienstpflichten in seinem Anstellungsvertrag unvollständig gelesen? Die Peinlichkeit war jetzt öffentlich, alle hatten dies gehört. Wie sollte er sich aus dieser Situation retten? Sich verlegen wegducken? Nein, das war nicht sein Stil. Nur durch offensives Verhalten konnte die Situation gerettet werden. Also antwortete er etwas ordinär lachend:

„Das holen wir besser nach, wenn wir alleine sind; für den Fall, dass die Versuchung mich übermannt".

Innerlich bat er Miriam um Entschuldigung. Die kannte die Usancen der Branche wohl schon, denn sie lachte mit und raunte Karl verstohlen zu:

„Gut gemacht, für die alte Ziege müsste dein Gehalt doppelt so hoch sein".

Karl nahm als Erfahrung aus dieser Episode mit, dass der Müllbranche nichts Menschliches fremd ist.

Miriam erzählte Karl auf dem Heimweg, ihre Tante sei eigentlich sehr nett und familiär, außerdem stockkatholisch und erzkonservativ. Nur beim Feiern nach ausgiebigem Alkoholgenuss breche der rheinische Frohsinn sich manchmal seine Bahn; in früheren Jahren, als Onkel Hans noch ein kleiner aufstrebender Unternehmer war und die beiden in ihrem Heimatort im Karneval kein Fest ausließen, habe es immer wieder heftige Eifersuchtsszenen in aller Öffentlichkeit gegeben. Als dann das Unternehmen von Onkel Hans zu einer gewissen Größe gelangt war und er als ein bedeutender Arbeitgeber im Ort auf seinen Ruf zu achten hatte, hatten die beiden sich von diesen volkstümlichen Lustbarkeiten zurückgezogen.

„Dann hat Onkel Hans mit seiner Hiltrut schon einiges durchmachen müssen", konstatierte Karl.

Miriam erwiderte:

„Ganz so einseitig ist das nicht. Es gab vor vielen Jahren das Gerücht, Tante Hiltrut sei eines Tages in das Bürogebäude gestürmt, wo im Vorzimmer die Sekretärin von Onkel Hans saß, und habe die Handtasche dieser Dame genommen, in hohem Bogen aus dem Fenster geworfen und warnend darauf hingewiesen, wenn sie nicht sofort verschwinde, fliege sie hinterher. Da stand wohl auch der Verdacht eines bestimmten Fehlverhaltens im Raum".

Karl dachte bei sich: ‚Der arme Onkel Hans, das wird ihn eine ordentliche Stange Geld gekostet haben, die Dame zur einvernehmlichen Beendigung des Anstellungsvertrages zu bewegen'. Dabei amüsierte ihn der Umstand, dass dieser neben seinem Sinn für das Geschäft auch Sinn für das ewig Weibliche hatte. Dies bestätigte sich Jahre später, als Onkel Hans bei einem ausgelassenen Neujahrsfest in einem Düsseldorfer Hotel den Versuch unternahm, ungeachtet der Anwesenheit von Tante Hiltrut eine Freundin von Miriam zu küssen. Er war aber auch Gentleman; als er merkte, dass er im Versuchsstadium stecken bleiben würde, entschuldigte er sich mit den Worten:

„Du bist doch so ein nettes Mädel".

Müll und Anstand schließen sich nicht grundsätzlich aus. Karl sollte im Verlauf seines Arbeitslebens im Müll noch häufig die Erfahrung machen, dass Veranstaltungen außerhalb des harten Tagesgeschäfts spaßige, pikante und auch immer wieder überraschende Momente lieferten. Gelegentlich hatte man dann zu entscheiden, ob man sich anständig verhielt oder ob man sich eine kleine Schwäche gönnte. Es gab im Müllgeschäft noch keine Compliance-Regeln. „*Erlaubt ist, was gefällt*" war der Verhaltenskodex und „*le repos du guerrier*" war als Ersatz für langwierige Kuraufenthalte akzeptiert, und es waren nicht immer die Ehefrauen, die dem Krieger Erholung gewährten. Nietzsches Vorstellung von den Geschlechterrollen war bei den Müll-Leuten fest verankert.

Müll im Außendienst

Es war die Zeit der großen Messe, der Heerschau der gesamten Branche, die im mehrjährigen Turnus stattfand. Müll war ein gesellschaftspolitisches Thema geworden. Es beschäftigte die Parlamente und öffentlichen Verwaltungen auf allen Ebenen, vom Bund über die Länder bis hin zu den Kommunen und natürlich der Europäischen Union, die das Thema mit einem Eifer aufgriff, als hänge die Verständigung der Nationen am Abfall. Die Ingenieurs- und Rechtswissenschaften hatten ein neues Spielfeld entdeckt, und einer der im Müll groß gewordenen Unternehmer stöhnte, inzwischen habe man mehr Doctores in der Firma als Ratten auf der Deponie. Abfallvermeidung und seine Verwertung wurden zu hehren Zielen erklärt.

Dies war die hohe Zeit der Entsorgungsunternehmen, die es verstanden hatten, sich als ausführender Partner für die öffentlich-rechtlichen Aufgabenträger darzustellen. Da die öffentliche Hand politisch getrieben das Abfallgeschehen in neue und größere Dimensionen zwang, mit der praktischen Umsetzung aber hoffnungslos überfordert war, hatte die Stunde der privaten Entsorgungswirtschaft geschlagen.

Der kluge Gesetzgeber hatte diese Art der Erfüllung der originär öffentlichen Aufgabe durch *Dritte* bereits vorgesehen. Das war der ideale Nährboden für die Entfaltung von Onkel Hans' Talenten. Er hatte es in die elitäre Spitzengruppe der Entsorgungsunternehmen geschafft. Viele sahen in ihm den technologischen Führer der Branche, seine kommunalen Kunden vergötterten ihn. So war es dann folgerichtig, dass er die Präsidentschaft des Verbandes für diese Branche übernahm.

Sein Unternehmen, es war inzwischen ein Konzern mit dutzenden von Tochterunternehmen und Beteiligungen, war dementsprechend stark auf der Messe präsent; es belegte alleine für sich eine vollständige Halle. Aus allen Unternehmenseinheiten wurden Mitarbeiter für diese Veranstaltung abgeordnet, um den nicht abreißenden Strom an Besuchern aus den kommunalen Verwaltungen, den Bezirksregierungen und Ministerien zu bewirten und zu informieren. Es gab Kolloquien, Vortragsreihen und Abendveranstaltungen.

Für die Vertreter der Kommunen, mit denen das Unternehmen gute und langfristige Geschäftsbeziehungen unterhielt, wurden Zimmer in First-Class-Hotels vorgehalten. Viele machten hiervon gerne Gebrauch, weil die kostenfreien langen Abende an der Hotelbar begehrt waren. Karl und seine Kollegen hatten diese Gelegenheiten zu nutzen, um die Kontakte zu den kommunalen Entscheidungsträgern auf eine persönliche Ebene zu bringen. Dieses *Onkel-Hans-Prinzip* hatten sie verinnerlicht. Dabei waren die eigenen Mitarbeiter ähnlich gut untergebracht, was den Dienst während der Messezeit trotz der gewaltigen Belastung begehrt machte.

Karl liebte die Hektik dieser Messeveranstaltungen nicht besonders. Die Abende waren lang, es wurde zu viel getrunken und der jeweils nächste Tag begann mit Kopfschmerzen. Er betrachtete das Ganze als Heerschau der Eitelkeiten, sah aber die Notwendigkeit durchaus ein. Für die gesamte Branche war dies ein Signal an die Öffentlichkeit, dass die Privatunternehmen die geeigneten Treuhänder des Umweltschutzes waren.

Es wurde viel von Abfallvermeidung gesprochen, weil dies der gesetzlichen Hierarchie entsprach. Der Geschäftsführer des Verbandes, ein alter Studienfreund von Karl namens Frank, liebte es, in seinen Statements diesen Punkt als angeblich vordringliches Anliegen der privaten Entsorger in den Vordergrund zu stellen. Karl hatte ihn schon zu Studienzeiten verdächtigt, sozialistischem Gedankengut nahezustehen und sagte ihm bei sich bietender Gelegenheit:

„Du Schreibtisch-Pharisäer, du vergisst hoffentlich nicht, dass die Branche von dem Abfall lebt, der gerade nicht vermieden worden ist".

„Gehörst du noch zu denen, die glauben, was von Verbandsseite in der Öffentlichkeit verlautbart wird?", bekam er zur Antwort, „dann glaubst du wohl auch noch, dass die Entsorgungsaufgaben in der Privatwirtschaft wirklich besser aufgehoben sind als bei den Kommunalen mit ihren Zweckverbänden? Das ist zwar meine tägliche Message, aber dafür werde ich bezahlt. Sonntags beichte ich dann, dass ich schon wieder gelogen habe".

Karl stand damals noch mit voller Überzeugung auf dem Boden der privaten Entsorgungswirtschaft. Er kannte die bräsige Beamtenschaft, intelligente Leute, die bei der Umsetzung von vorwärtsgerichteten Projekten an jeder Stelle ein Bedenken einzuwerfen hatten. Hier kam man nur mit dem *Onkel-Hans-Prinzip* weiter. Der Niederlassungsleiter Jan Frowijn und der Chef der Deponiebetriebe, Norbert Menns, die beide zu Karls Geschäftsbereich gehörten, hatten es hierin zu besonderer Meisterschaft gebracht; sie verfügten über vorzügliche Beziehungen zu den für sie jeweils wichtigen Amtsträgern. ‚Liebe geht wohl tatsächlich durch den Magen‘, dachte Karl, wenn er ihre Spesenkonten sah.

Er selbst betrachtete sich in der Pflege guter Beziehungen zu den kommunalen Entscheidungsträgern auch als erfolgreichen Krieger. Sein Betätigungsfeld waren dabei mehr die *Public-Private-Partnerships*, Gesellschaften, an denen der öffentlich-rechtliche Entsorgungsträger und das Unternehmen beteiligt waren. Dabei behielt die öffentliche Hand eigentlich immer die Mehrheit am Gesellschaftskapital, Karl war es aber bei der Gründung einer solchen Gesellschaft mit einer Großstadt gelungen, eine fifty-fifty-Beteiligung auszuhandeln. Dafür musste er dem Vorsitzenden der Mehrheitsfraktion versprechen, einen vielleicht zu entsorgenden Oberstadtdirektor einzustellen, wenn dies aus politischen Gründen zweckmäßig werden sollte. Karl konnte dies spontan zusagen.

Es machte die Führungsqualität von Onkel Hans aus, dass er solche Entscheidungen deckte, auch wenn sie nicht vorab in den Gremien des Unternehmens umfänglich diskutiert worden waren. Dafür schätzten ihn seine

Mitarbeiter; er war ein echter *Patron*, der hinter seinen Leuten stand. Aber von dieser Arbeitswelt kannte sein Freund Frank, der Haupt-Geschäftsführer des Verbandes nichts. Und so antwortete Karl ihm:

„Du bist im Grunde deines Herzens eben doch ein Sozialist geblieben, ein ahnungsloser Genosse der Bosse. Ich erzähle dir mal an einem Beispiel, wie man mit Mitteln der Privatwirtschaft eine kommunal betriebene Deponie saniert bekommt".

Sie saßen in einem Bistro bei Kaffee und Kuchen und Karl fuhr fort:

„Ein Landkreis betrieb eine alte Deponie, die noch keine Basisabdichtung hatte. Wir kamen ins Gespräch und durften einen technischen Vorschlag unterbreiten, der zwar die finanziellen Möglichkeiten des Kreises weit überstieg, für den man beim Umweltbundesamt aber Fördermittel bekommen konnte. Den entscheidenden Mann beim Umweltbundesamt in Berlin kannten wir aus anderen Projekten. Von ihm hing die Befürwortung der Mittel und damit für uns ein Großauftrag ab. Also musste er eingehegt werden. Ich war mit Onkel Hans mehrfach in Berlin, das waren anstrengende und lange Abende. Dann übernahm ich die Betreuung unserer Zielperson, als er sich die Situation vor Ort anschaute. Dabei lernte ich dank seiner Erfahrung in der Welt der Gourmets in Köln feine Lokale kennen, die mir unbekannt waren, obwohl ich ja in Köln gelebt hatte. Vor jedem Treffen musste ich mir in der Buchhaltung ausreichend Bargeld für die Spesenrechnung holen. Am Ende bekamen wir sein positives Votum. Die Deponie wurde für viele Millionen auf den umwelttechnisch neuesten Stand gebracht. Nun sag´ mir mal, wie das ausgegangen wäre, wenn ein Beamter mit einem anderen Beamten dieses Projekt hätte verhandeln sollen. Da hätte einer dem anderen die höhere Gehaltsstufe geneidet und das Projekt scheitern lassen. Für uns war die Sache natürlich auch lohnend, denn am Ende kam dabei ein Gemeinschaftsunternehmen mit dem Landkreis heraus, das die Deponie dauerhaft betrieb. Wir hatten uns quasi einen Erbhof geschaffen. Und das Geld war immer sicher, weil die Kosten als Gebühren vom Bürger zu tragen waren".

Was Karl zu jenem Zeitpunkt nicht geläufig war, was ihm erst viele Jahre später dämmerte, als eine staatsanwaltliche Durchsuchung im Unternehmen stattfand, die sich gegen diesen Herrn aus Berlin richtete, war der Verdacht, dass die Entscheidung über die Förderung nicht nur seiner sehr persönlichen Betreuung zu danken war. Man hatte entdeckt, dass die Tochter des Herrn auf rätselhafte Art zu einer Immobilie in Italien gekommen war.

Karl dachte gerne an dieses Gemeinschaftsunternehmen mit dem Landkreis zurück, in welchem er den Posten des Aufsichtsratsvorsitzenden übernommen hatte und der amtierende Landrat sein Stellvertreter war. Man tagte einmal im Quartal, und da der Deponiebetrieb ordentlich geführt wurde, gelegentliche Beschwerden von Bürgern auf dem kleinen Dienstweg umgehend bereinigt wurden, waren die Sitzungen von freundlichem Einvernehmen geprägt. Beim Geld, also wenn die Gesellschaft wegen erhöhter Kosten ihre Vergütung anpassen musste, wurde es etwas unruhiger, weil die Vertreter aus dem Kreistag den Unmut ihrer Wähler fürchteten. Karl ließ deshalb bei jedem Erhöhungsverlangen umfänglich jede kostensteigernde Position dokumentieren und die Konformität mit dem öffentlichen Preisrecht durch einen Wirtschaftsprüfer testieren. Und da sowohl der Landrat selbst als auch sein Oppositionschef mit am Tisch saßen, konnte man sicher sein, dass ein erzielter Kompromiss den Kreistag passieren würde. Die Deponietechnik war auf einem hohen und innovativen Stand und zog viele Fachbesucher an. Das sicherte dem Landrat eine gewisse überregionale Presse und dem Unternehmen von Onkel Hans dessen Sympathie.

Karl hatte irgendwann einmal vorgeschlagen, die nächste Sitzung des Aufsichtsgremiums nicht wie üblich am Sitz des Unternehmens, sondern in Amsterdam durchzuführen; dies könne man mit einer Klausurtagung zu gewichtigen Zukunftsthemen verbinden. Der Vorschlag fand Zustimmung und Karl ließ im *Krasnapolsky* Zimmer und einen Sitzungsraum reservieren. Dem Gremium gehörten Politiker von drei Fraktionen des Kreistages sowie der Rechtsdirektor und der Beigeordnete für Umweltbelange an, ferner der Leiter der Deponiebetriebe und der Geschäftsführer des Gemeinschaftsunternehmens.

Das Hotel lag an den *Wallen*, dem weltweit bekannten Rotlichtviertel von Amsterdam. Dies sorgte für Zerstreuung am Abend. Man lief im Strom der Touristen an den Schaufenstern vorbei, wobei jeder es vermied, allzu auffälliges Interesse zu zeigen. Man kehrte in einem haschischschwangeren Café ein, um ein Bier zu trinken, und machte sich schließlich auf den Rückweg zum Hotel.

Die Hotelbar war schwach besucht und bot keine Sensationen. Als die älteren Herren sich zum Schlafengehen verabschiedeten, kam einer der jüngeren aus der Gruppe auf Karl zu und regte an, doch noch ein Lokal zu suchen, in dem „etwas los“ sei. Der Mann saß für die SPD im Kreistag und war im Zivilberuf Kriminalbeamter. Karl lächelte etwas gequält. Eigentlich wäre er gerne zu Bett gegangen, aber die kommunalen Kollegen mussten bei Laune gehalten werden.

An den *Wallen* war schon Polizeistunde, es musste also ein Taxi her mit der Destination „etwas los“. Der Fahrer schien verstanden zu haben. Man saß zu viert in dem Taxi. Die Fahrt ging quer durch die Stadt und führte in den Bereich des Hafens. Man fuhr an endlos scheinenden Packhäusern und Seecontainern vorbei, bis ein erleuchtetes schmuckloses Gebäude in Sicht kam. Sie stiegen aus und näherten sich dem Eingang. Dort hielt sich etwa ein Dutzend Leute auf, Figuren, die man aus *Tatort*-Filmen zu kennen glaubte. Vor dem Einlass fand eine Durchsuchung auf Waffen statt, dann konnte Karl mit seiner Gruppe eintreten.

Der Raum war in schwaches rotes Licht getaucht, man sah nur schemenhaft einige Tische und eine Bar, an der sich zwei Männer und eine billig provokant wirkende Dame aufhielten. Zwar spielte im Hintergrund in dezenter Lautstärke Musik im Blues-Rhythmus, aber niemand tanzte. Die Atmosphäre ließ keinerlei Hoffnung aufkommen, dass man hier in geselliger Runde einen fröhlichen Abend verbringen könnte. Karl ging leicht desillusioniert zur Bar und fragte nach Bier.

„Das macht 500 Gulden pro Flasche", antwortete die spärlich bekleidete Dame mittleren Alters hinter der Theke.

Jetzt verstand Karl. Sie waren in einem Etablissement gelandet. Er trat sofort den Rückzug an und erklärte seinen Begleitern, hier könne man nicht bleiben, der Taxifahrer habe wohl etwas falsch verstanden. Der SPD-Mann von der Kripo gab sich sichtlich enttäuscht, beugte sich aber schweigend der Entscheidung seines Aufsichtsratsvorsitzenden.

Am Hotel angelangt brach sich seine Enttäuschung Bahn und er begehrte auf; man solle einen anderen Taxifahrer konsultieren, es sei nun wirklich zu schade, den Besuch in Amsterdam ungenutzt zu lassen. Dies schien in der Gruppe mehrheitlich auf Zustimmung zu stoßen und Karl rief das nächste Taxi heran.

Auch hier führte die Fahrt durch das nächtlich ruhige Amsterdam, und wieder in den Hafen. Als Karl, der vorne neben dem Fahrer saß, in der Ferne dieselbe Spelunke auftauchen sah, befahl er die sofortige Umkehr zum Hotel und erklärte seinen Mitreisenden, die Aktivitäten des Aufsichtsrates seien hiermit für heute endgültig beendet, man sehe sich zum Frühstück wieder.

Über diese Reise wurde in Folgejahren mit viel Amüsement erzählt. Dazu trug bei, dass ausgerechnet dem Kripomann in der Lobby des Hotels während des Check-out der Koffer gestohlen worden war. Seine kollegialen Beziehungen zur Amsterdamer Polizei hatten es ihm ermöglicht, die Aufnahmen der Hotelkamera einsehen zu dürfen, auf denen er zusehen konnte, wie ein Kapuzenmann sich umsichtig seinem Koffer näherte, ihn aufnahm und unerkannt verschwand.

Diese besondere Dienstreise hatte die Teilnehmer trotz ihrer unterschiedlichen Aufgabenstellungen einander näher gebracht. Das kam den Diskussionen im Aufsichtsrat zugute, wenn einmal ein Thema konträre Standpunkte offenbarte. Als es irgendwann darum ging, einen Auftrag neu zu vergeben, den ein zu Karls Geschäftsbereich gehörendes Unternehmen hielt, und der Kreisrechtsdirektor unter Hinweis auf vergaberechtliche Vorschriften meinte, die Leistung müsse man jetzt aber doch ausschreiben, konnte Karl ihn in einer Sitzungspause zur Seite nehmen.

„Du glaubst doch nicht, dass wir hier beteiligt sind, um Aufträge an den Wettbewerb zu vergeben", hielt er ihm vor.

Unter Freunden konnte man so reden. Und Karl erreichte sein Ziel.

In jedem dieser *Public-Private-Partnerships*, die Onkel Hans' Unternehmen mit öffentlichen Aufgabenträgern unterhielt, waren der Umgang und die Gepflogenheiten trotz der vergleichbaren Zielsetzung unterschiedlich. Karl hatte immer mal wieder darüber nachgedacht, worauf dies zurückzuführen sei. Es waren wohl die politischen Gremienmitglieder mit ihrer Persönlichkeitsstruktur, die dem Gremium ihren Stempel aufdrückten. Karl machte die für ihn erstaunliche Erfahrung, dass die Parteizugehörigkeit keine Rolle für sachliche Zusammenarbeit im Gremium spielte. Er lernte selbst grüne Politiker als konstruktiv kennen, solange man eine ökologische Begründung für eine Maßnahme aus dem Hut zaubern konnte.

Der Vorteil einer hochrangigen Besetzung des Gremiums bestand dann darin, dass ein erzieltes Einvernehmen in den nachfolgenden politischen Beratungen Bestand hatte. Es war Onkel Hans deshalb wichtig, die Posten für die Mitglieder ausreichend hoch zu dotieren, um die lokalen Spitzen aus Politik und Verwaltung hierfür zu interessieren. Der Umgang mit den kommunalen Kunden zählte für Karl zu den spannendsten Aufgaben, man musste die Interessen des Unternehmens im ständigen Ringen um Kompromisse wahren.

Eines dieser Gemeinschaftsunternehmen betrieb eine Müllverbrennungsanlage. Die Aufsichtsfunktion war einem Gesellschafterrat übertragen, der mehrheitlich von städtischer Seite besetzt war. In diesem Gremium fühlte Karl sich besonders wohl, weil er mit einigen der von der kommunalen Seite bestellten Mitgliedern eine besondere intellektuelle Verständigungsebene gefunden hatte. Die Geschäfte liefen gut; man fand immer einvernehmliche Wege, den Gebührenzahler im Rahmen des politisch Vertretbaren bis knapp an die Schmerzgrenze zu belasten. Ein von der Fraktion *Bündnis 90/Die Grünen* in das Gremium berufener Vertreter hatte die gebührenrelevanten Entscheidungen besonders kritisch zu hinterfragen, weil seine Partei die Müllverbrennung als Technologie grundsätzlich ablehnte und das private Unternehmertum unter den gravierenden Verdacht stellte, von anderer Leute Geld leben zu wollen. Nach einigen Jahren des Mitwirkens in dem Gremium hatte er sich aber assimiliert, was ihn in seiner Partei allerdings zunehmend unter Rechtfertigungszwang setzte. Es kam vor, dass er sich bei den übrigen Mitgliedern des Gesellschafterrates für seine abweichende Stimmabgabe damit entschuldigte, er habe der Parteiräson Rechnung zu tragen. Der Vorsitzende, ein in der Mehrheitspartei fest verwurzelter und wirtschaftsnaher Anwalt, hatte Verständnis für diese Not. Als es irgendwann um ein grünes Reizthema, die Mitverbrennung südeuropäischen Abfalls ging, sprach er den Grünen an.

„Peter, wir haben jetzt einen für deine Fraktion besonders unangenehmen Punkt zu beschließen", sagte er, „ich schlage vor, dass wir deinen Widerspruch ins Protokoll nehmen; dann verlässt du zu sanitären Zwecken mal eben den Raum und wir fassen in deiner Abwesenheit den Beschluss, dann warst du daran nicht beteiligt und kannst in deiner Fraktion auf uns schimpfen".
Die lokale Presse meldete am nächsten Tag, dass das zunächst umstrittene Müllgeschäft einstimmig beschlossen worden sei.

Das Gremium legte auf marktnahe Information großen Wert und unternahm Reisen an Orte, die neben einem entsorgungsbezogenen Erkenntnisgewinn einen angenehmen Aufenthalt versprachen. Das konnte ein Kompostwerk am Ijsselmeer, eine Sortieranlage für Kunststoffverpackung in der Nähe von Straßburg oder auch eine neu errichtete Demonstrationsanlage für Müllvergasung in Oberitalien sein; die Geschäftsführer des Gemeinschaftsunternehmens waren erfindungsreich.
Karl wusste, dass einer der beiden begeistert segelte, und schlug ihm eine Reise nach Kiel vor. Dort hatte Karl vor einem Jahr für sein Unternehmen einen Entsorgungsbetrieb gekauft, dessen Besichtigung den steuerlichen Deckmantel für die Reise gab. Das fand Anklang. Man wählte einen Termin in der letzten Juniwoche, da fand auch die *Kieler Woche* statt. Dem Vorsitzenden passte der Termin aber nicht. Nun suchte Karl einen Ausweg, indem er den dennoch reisewilligen Mitgliedern des Gesellschafterrates vorschlug, diese Reise auf Einladung seines Unternehmens durchzuführen. Das bot ihm die Gelegenheit, auch

den Dezernenten einer anderen Stadt, für welche man eine Deponie betrieb, einzuladen. Dieser war ein ehemaliger Marineoffizier und sagte mit Begeisterung zu.

Für Karl bedeuteten Besuche in Kiel immer wieder eine Begegnung mit seiner Vergangenheit. Hier hatte er neun glückliche Jahre gelebt. Vom Abschluss seiner Staatsexamina über die Zeit als Hochschulassistent bis zum Dienst bei der Justiz. Er war sich nicht sicher, ob dies am Ende seiner Tage vielleicht einmal als die beste Zeit seines Lebens zu betrachten sein würde; es war jedenfalls eine Zeit, die er nicht missen mochte. Er hatte als mittelloser *BAföG-Student* sein Erstes Staatsexamen gemacht und im direkten Anschluss eine Assistenten-Stelle mit vollem Gehalt nebst einem Büro und Seminarschlüssel erhalten. Dazu kam das Statussymbol par Excellence, der Parkausweis. Die Schranke, an der man als Student meist vergeblich versucht hatte, den bärbeißigen Parkwächter zu überlisten, wurde nun mit ergebenem Gruß geöffnet.

Karl war als Student acht Mal in Kiel von Bude zu Bude umgezogen, nicht immer mit freundlichem Abschiedsgruß. Als Assistent konnte er eine kleine Wohnung im *Düsternbrook*, Kiels Vorzeigeviertel, beziehen. Dort hatte er mit seiner ersten Ehefrau Marion ein halbes Jahr gelebt, dann mit seiner glamourösen Freundin Sybille, danach mit namenlosen Zufallsbekanntschaften. Seine sittenstrenge Vermieterin grüßte ihn schon nur noch verhalten, aber Karl war inzwischen Richter und das war ein effektiver Kündigungsschutz.

Breiten Raum in seiner Erinnerung nahm auch Sabine ein, eine junge Anwältin aus Rendsburg, die er in seiner Zeit beim dortigen Amtsgericht kennengelernt hatte. Sie kam aus einem überaus wohlhabenden Arzthaushalt. Mit ihr war er oft in das Ferienhaus ihres Stiefvaters in Keitum gefahren. Zwischen Kiel, Rendsburg und Eckernförde hatten sie wunderschöne Fahrten durch gelb leuchtende Rapsfelder unternommen und anschließend lange Abende in verräucherten Jazz-Kneipen verbracht. Sie wollte, dass er mit ihr Anwalt wurde. Alles wäre für Karl bestens geregelt gewesen, aber es hatte ihn weitergezogen. Ob der Müll vom Niederrhein bereits damals subversive Anziehungskraft besessen hatte, bleibt das Geheimnis der Götter.

Anlässlich seines jetzt anstehenden Besuchs in Kiel wollte Karl unbedingt Kontakt zu seinem Studienfreund Bernd aufnehmen. Sie hatten zusammen mit zwei weiteren Freunden intensive Examensvorbereitung betrieben, gemeinsam gezecht und das Studentenleben genossen. Alle hatten ihr Examen mit Prädikat, ihr Freund Achim sogar mit Spitzenprädikat bestanden. Achim, im späteren Beruf Landrat, war dafür verantwortlich gewesen, dass Karl eine seiner Studentenbuden fristlos verlassen musste; er hatte im Übermut einen Stuhl zertrümmert. Bernd war Staatsanwalt geworden und hatte ein Haus in der Nähe des Hafens von *Strande* erworben, weil er dort in erreichbarer Nähe eine Segelyacht liegen hatte. Da er von Hause aus finanziell unabhängig gestellt war, betrieb er seinen Beruf mit eingeschränktem Ehrgeiz.

Als Karl mit seinen Gästen in Kiel eingetroffen war, legte er dar, welche Programmpunkte er vorgesehen hatte. Dazu gehörten ein Besuch des Olympischen Dorfes in Schilksee und eine Bootsfahrt in das Regattafeld auf Einladung von Fiete Nehrmann, einem Entsorgungsunternehmer aus Kiel, der eine *Riva* besaß. Mit diesem war Karl in Kontakt gekommen, als er vor einem Jahr die Übernahme eines Entsorgungsunternehmens in der Nähe von Kiel verhandelt hatte. Eine kleine Unstimmigkeit kam auf, als der zusätzliche Gast, der ehemalige Marineoffizier, den Vorschlag machte, den Kriegshafen zu besichtigen.

„Da gehst du mal besser alleine hin", sagte ein anderer Teilnehmer der Reise, „ich hatte für diese Trachtengruppe noch nie etwas übrig".

Für den zweiten Abend hatte Karl einen Tisch in einem Fischrestaurant in *Strande* reserviert. Er hatte dazu den Entsorgungsunternehmer Nehrmann und auch seinen Freund Bernd eingeladen. Der Marineoffizier hatte sich entschuldigt, er verbrachte den Abend in *Holtenau*, wo er den Blick auf die Mündung des Nord-Ostsee-Kanals und auf den Kriegshafen still genießen konnte.

„Der spinnt wohl ein wenig", sagte einer der Teilnehmer respektlos.

„Es würde mich nicht wundern, wenn er seine Uniform angelegt hätte und bei jedem Schiff salutiert", sagte ein anderer.

Jeder trug etwas zur Belustigung bei, nur Karl hielt sich zurück, er brauchte das Wohlwollen des Betroffenen noch für eine anstehende Vertragsänderung.

Das Restaurant in *Strande* war vollständig belegt und sie saßen zu siebt eng beieinander. Die Stimmung im Lokal war fröhlich, Essen und Trinken waren gut, und man erzählte Müll-Geschichten. Freund Bernd und der Geschäftsführer der Müllverbrennungsanlage tauschten sich intensiv über ihre Segelboote aus, bis Fiete Nehrmann sich einmischte und die Vorzüge eines schnellen Motorbootes ins Gespräch brachte.

„Ihr werdet morgen sehen, was meine *Riva* leistet, wenn wir dicht an das Teilnehmerfeld heranfahren. In der Nähe der Bojen wird es spannend. Da kämpfen die Bootsmannschaften mit allen Mitteln, um den nächstfolgenden Konkurrenten abzudrängen. Da ist richtig was los. Nehmt euch nur wasserdichte Kleidung mit".

Im weiteren Verlauf des Abends wurde dann wieder über Müll gesprochen. Freund Bernd berichtete von einem neu eingerichteten Sonderdezernat, das sich mit Umweltdelikten befasste. Es gebe dort ordentlich Arbeit, man habe seit einiger Zeit auch viel mit Anzeigen gegen örtliche Entsorgungsunternehmen zu tun; die Ermittlungen seien schwierig, weil die Unternehmen nicht so recht kooperieren wollten. Besonders oft sei ihm der Name des Unternehmens Nehrmann aufgefallen. Alle blickten irritiert auf. Fiete Nehrmann sagte:

„Das bin ich", aber Freund Bernd war so intensiv im Erzählmodus, dass er diese Bemerkung nicht wahrnahm, statt dessen weiter plauderte, man sei auf gutem Weg, bei diesem Unternehmen für Ordnung zu sorgen. Jetzt wurde es peinlich. Karl unterbrach seinen Freund und sagte:

„Der Inhaber des Unternehmens sitzt dir gegenüber. Vielleicht nutzen wir die Gelegenheit, die segensreiche, aber erfolglose Tätigkeit deiner Behörde gegen Zahlung einer Auflage in Bierwährung zum Ende zu bringen".

Jetzt lachte Freund Bernd etwas verlegen, hob dann aber sein Glas und prostete Fiete Nehrmann zu:

„Entschuldigen Sie, ich kenne die aktuelle Entwicklung in dem Dezernat auch nicht mehr, aber für Segler ist ein Motorbootfahrer grundsätzlich verdächtig. Ich würde Sie gerne auf mein Segelboot einladen, um Sie zum originären Wassersport zu bekehren".

Fiete Nehrmann lachte nun auch versöhnlich und erwiderte:

„Als Fockaffe müsste ich dann wohl für Vergehen büßen, die ich noch gar nicht begangen habe".

Karl erzählte noch einige seiner Erlebnisse mit Umweltstaatsanwälten und resümierte:

„Die Staatsanwaltschaft ist nach Aussage unseres ehemaligen Kieler Repetitors die Kavallerie der Justiz, *schneidig aber dumm.* Als mein Freund Bernd das hörte, fühlte er sich dort hingezogen, um als Einäugiger unter Blinden zu glänzen".

Bernd keilte zurück:

„Zu der Zeit, als du hier oben noch Richter warst, hattest du im Verdacht gestanden, die Todesstrafe einführen zu wollen. Der Umgang mit Müll verdirbt wohl die Sitten".

Er hatte dabei nicht ganz Unrecht, die Lebensumstände bestimmen die Koordinaten des Wertesystems maßgeblich. Und Müll bleibt eben Müll, auch wenn damit gutes Geld verdient werden konnte. Viele Jahre später, als Karl wieder zur

Anwaltschaft zurückgekehrt war, lernte er an diesem anwaltlichen Berufsbild zu schätzen, dass man sich dem unterentwickelten Wertesystem eines Mandanten annähern konnte, ohne sich mit ihm gemein machen zu müssen.

Es war der dritte Tag der Messe. Der Vormittag war mit einer Vortragsreihe zu abfallwirtschaftlichen Fragen gefüllt. Karl hatte ein Referat übernommen und der Verbandsgeschäftsführer hatte ihn an die erste Stelle gesetzt, wohl in dem gut gemeinten Glauben, dann sei die Zuhörerschaft noch aufmerksam. Dies war eine Fehleinschätzung. Das Forum war spärlich besetzt, die meisten Teilnehmer schliefen noch ihren Rausch aus. Und aufmerksam war nach Karls Einschätzung nur seine Assistentin in der ersten Reihe, die um ihre Karriere bangte. Die Hälfte der Zuhörer lauschte mit mehr oder minder geschlossenen Augen. Einen kleinen Aufmerksamkeitserfolg erreichte Karl, als er einen ihm gut bekannten Kollegen eines anderen Unternehmens, der auch konzentriert den Kopf gesenkt hielt, namentlich ansprach:
„Herr Alsweiler, dieses gerade erläuterte Problem dürfte gerade für Ihr Unternehmen eine große Bedeutung haben. Wollen Sie dazu etwas ergänzend ausführen?"
Der Angesprochene fuhr ruckartig hoch, blickte Karl mit rotgeränderten Augen an und stammelte:
„Nein, nein. Vielen Dank".
Als sie sich abends in der Hotelbar wiedertrafen, entschuldigte Karl sich für die kleine Boshaftigkeit und sprach seinen Dank dafür aus, dass der Kollege sich der Tortur, frühmorgens überhaupt einen Vortrag anzuhören, unterzogen habe.
„Ich war tatsächlich etwas weggetreten; ich hatte geträumt, wir hätten Ihrem Unternehmen einen Kunden abgejagt", erhielt er grinsend zur Antwort.
Karl erwiderte:
„Dann tut es mir doppelt leid, Sie aufgeweckt zu haben, weil das ein Traum bleiben wird". Dabei prostete er ihm kollegial zu.

Für den Nachmittag hatte der Verband eine Großveranstaltung angekündigt. Die Bundesministerin für Umwelt und eine Landesministerin für Umweltschutz waren als Rednerinnen eingeladen. Für Onkel Hans als Verbandspräsident und Gastgeber war dies eine große Tribüne. Das Forum war bis auf den letzten Platz besetzt und die Presse war zahlreich vertreten. Als die Ministerinnen eingetroffen waren und am Podium Platz genommen hatten, hielt Onkel Hans eine Einführungsrede. Die

Rede war gut vorbereitet und einstudiert, dennoch brach Karl wiederholt der Schweiß aus, wenn Onkel Hans sich an Fremdwörtern versuchte. Aber wie immer überzeugte er durch die Authentizität seines Auftretens. Er war wirklich gut. Diejenigen unter seinen Unternehmerkollegen, die auf Grund ihrer Marktbedeutung mit ihm auf Augenhöhe schwammen, neideten ihm dieses von der Presse aufmerksam verfolgte Forum; die kleineren Unternehmen dagegen waren stolz auf ihn, weil er in Anwesenheit der Ministerinnen aufzeigte, wie wichtig ihr aller Beitrag zum Umweltschutz war.

Dann sprach die Bundesumweltministerin. Sie war eine etwas unterkühlte, aber sympathisch wirkende junge Frau mit bemerkenswerter Karriere, der man noch höhere Ämter zutrauen konnte. Ihre Ausführungen erfüllten die Erwartungen der Zuhörer aus der privaten Unternehmerschaft. Danach sprach die Landesministerin. Das weckte wenig Begeisterung, was wohl auch daran lag, dass sie als grüne Feldhamsterfetischistin auf einer anderen Welle schwamm als die Mehrheit der Teilnehmer des Forums.

Da die Abfallwirtschaft noch eine typische Männerdomäne war, blieb es nicht aus, dass man eine Frau nicht nur nach den intellektuellen Fähigkeiten, sondern auch nach ihrem Sexappeal beurteilte. Da konnte die Landesministerin keine Platzierung erreichen. Dies war bei ihrem Erscheinungsbild auch nicht zu erwarten, das mit zerzaustem und ungepflegtem Haar, einer Kleidung wie aus der Hausbesetzerszene und einer Figur aus den *Misérables* jeden Männertraum im Kloster enden lassen musste. Wobei dieses Erscheinungsbild dem seinerzeitigen Mainstream der Partei, der sie angehörte, entsprach. Auch die Bundesministerin hätte auf der Straße keine anerkennenden Pfiffe auf sich gezogen, sie sollte in ihrer späteren politischen Karriere als „Mutti" bezeichnet werden. Eine Sitzreihe hinter Karl wurden flüsternd Noten für die Damen diskutiert. Karl bekam mit: ‚Wenn das hier ein Schönheitswettbewerb wäre, würde unser Präsident Sieger'. Verhaltenes Lachen machte sich breit, verstummte aber sofort, als Onkel Hans strafend in die Reihen blickte.

Nun weiß man, dass das Erscheinungsbild nichts über die sonstigen Fähigkeiten einer Person aussagen muss; hier war es aber so, dass die Bundesministerin eine gute Rede gehalten hatte, in der das sich ergänzende Zusammenspiel der öffentlichen Aufgabenträger mit den Erfüllungsgehilfen aus der privaten Entsorgungswirtschaft in einen stringenten und versöhnlichen Zusammenhang gestellt wurde. Das hatte ihr viel Applaus eingebracht. Die Landesministerin war dagegen dem Credo ihrer Partei gefolgt, wonach die Tätigkeit privater

Unternehmen wegen der Gewinnerzielungsabsicht per se unter dem Verdacht stand, Gemeinschaftsinteressen den kaufmännischen Partikularinteressen zu opfern. Das hatte zu sehr verhaltenem Höflichkeitsapplaus geführt. Bei dieser Dame deckten sich Form und Inhalt.

Es ist zwar richtig, dass private Unternehmen Gewinne erzielen wollen; genau das ist aber in der Rechts- und Gesellschaftsordnung auch so angelegt. Onkel Hans neigte bei der Besprechung von Betriebsergebnissen zu dem Spruch: ‚Schlechte Zahlen machen krank‘. Das war Betriebswirtschaftslehre im Kurzformat, aber natürlich hatte er Recht. Wenn der *Cash-Flow* die Rekapitalisierung einschließlich Preissteigerungen nicht hergibt, kann man den Zeitpunkt bestimmen, ab welchem der Insolvenzverwalter auf den Plan tritt. Und ohne Gewinn ist kein solides Wachstum möglich. Im Vergleich der öffentlichen zur privaten Leistungserbringung hatte Karl in wiederholten Diskussionen mit Verve darauf hingewiesen, dass die öffentlich Hand zwar keine Gewinne machen dürfe, aber ihre Vollkosten immer ersetzt bekommt, somit Rationalisierung, Effizienz der Leistungserbringung und Kostensenkung Fremdworte bleiben, während der Unternehmer dazu gezwungen ist, wirtschaftlich zu arbeiten, um Gewinn zu machen. Die Praxis bestätigte auch immer wieder, dass kommunale Müllabfuhrunternehmen teurer waren als private.

Da es keine Gelegenheit gab, diese Aspekte mit der Landesministerin zu diskutieren, ließ Karl seinem Ärger über deren Ausführungen freien Lauf, als er abends mit seinen Kollegen bei einem Glas Wein zusammen saß. Das interessierte aber keinen mehr ernsthaft, und Karl musste sich daran erinnern lassen, dass man den Feierabend genießen wolle, egal wer gerade Umweltminister war.

„Ganz egal ist das nicht", sagte Karl, „deren Vorgänger hatte sich beim Chef im Pkw einmal übergeben".

Jetzt war ihm die Aufmerksamkeit wieder sicher und er musste die Geschichte von dem trinkfreudigen obersten Hüter der Umwelt, die er von Onkel Hans´ Fahrer gehört hatte, so ausführlich wie sie ihm bekannt war erzählen.

Onkel Hans hatte am letzten Abend der Messe für die noch anwesenden Mitarbeiter einen bunten Abend in einem kleinen Lokal abseits des Messegeschehens organisiert. Er selbst hatte offizielle Termine, konnte daher nur kurz vor Eröffnung des Büffets erscheinen und sich bei allen bedanken. Das war einer der für ihn typischen Auftritte, die ihm die bedingungslose Gefolgschaft seiner Mitarbeiter sicherten. Die Messe war für ihn ein Marathonlauf gewesen, in seiner Funktion als Verbandspräsident und als Vorstandschef des inzwischen größten Entsorgungsunternehmens war er überall und teilweise gleichzeitig gefragt; trotzdem nahm er sich die Zeit für ein Dankeschön an seine Leute.

Nach dem Abendessen wurde es gemütlich. Obwohl das Lokal mit über fünfzig Leuten an der Kapazitätsgrenze angelangt war, richteten einige der jungen Leute eine Tanzfläche zwischen den Tischen her und sorgten für aufmunternde Musik. Karl stand mit Jan Frowijn und dem Deponiechefingenieur an der Theke. Seine Sekretärin, die ihn auf der Messe begleitet hatte, gesellte sich zu ihnen. Sie war unablässig zum Tanzen aufgefordert worden und suchte etwas Ruhe. Der Ingenieur bezog sie sogleich in das Gespräch ein. Karl argwöhnte seit einiger Zeit, dass es zwischen den beiden etwas mehr als eine berufsmäßige Beziehung gab. Auch das gehörte wohl zu einem Leben mit Müll. Die Branche war traditionell und konservativ organisiert, eine *Mee-Too*-Diskussion gab es noch nicht. Als einer von Karls Vorstandskollegen eine neue Sekretärin eingestellt hatte, nahmen die Besprechungstermine in dessen Büro schlagartig zu; jeder wollte durch sein Vorzimmer spazieren, um die Dame in Augenschein nehmen zu können. Ihr Erscheinungsbild fiel für die Müllbranche auch etwas aus dem Rahmen; sie war eine Mischung aus Brigitte Bardot und Brunhilde, sehr blond und sehr üppig. Ein Besucher erdreistete sich zu fragen, ob sie auch tippen könne. Karls Kollege trennte sich irgendwann von ihr, das Schreiben nach Diktat hatte sie überfordert.

.

Frowijn kam auf sein Lieblingsthema, das Chalet in der Schweiz, zu sprechen. Der Ingenieur kannte es bereits und die beiden fachsimpelten über die besten Skipisten der Region. Frowijn legte es Karl nochmals nahe, eine Woche dort zu verbringen. Dabei kam Karl der Gedanke, seinen Freund Frank, den Geschäftsführer des Verbandes, zu einem Trip einzuladen. Sie hatten es sich ohnehin seit einigen Jahren zur Gewohnheit gemacht, in der Woche vor Weihnachten einige Tage gemeinsam zum Skilaufen zu fahren. Karl holte ihn dann immer zuhause ab und sie fuhren ohne feste Destination los. Der Beifahrer studierte einen Skiatlas und machte Vorschläge. Bis spätestens Karlsruhe musste die Entscheidung gefallen sein, ob man nach Österreich oder in die Schweiz wollte. Dann wurde vom Auto aus mit den Hotels telefoniert und Quartier gebucht.

Das Chalet könnte eine gute Alternative sein, dachte Karl. So kam es auch, nur verband Frank hiermit zugleich die Möglichkeit, seine neue Freundin mitzunehmen. Karl diente gegenüber der Ehefrau widerwillig als Alibi. Bei dieser Skireise geriet der sportliche Aspekt zu Karls Bedauern ins Hintertreffen, weil sie mit Rücksicht auf Franks Freundin die schwarzen Abfahrten meiden mussten; dafür wurde er mit einer *ménage à trois* entschädigt.

Karls Sekretärin kannte das Chalet von Gerüchten, die in der Hauptverwaltung die Runde gemacht hatten, sie musste ohnehin Karls Skiurlaubspläne mit Frowijns Belegungsplan abstimmen. Sie selbst lief kein Ski, sodass es Karl erspart geblieben war, etwaige diesbezügliche Anfragen ablehnend zu bescheiden. Sie zeigte sich aber am Leben in dem Chalet interessiert.

„Herr Frowijn, wenn Sie Anfragen für das Chalet bekommen, wissen Sie dann immer, wer mit wem dorthin fährt?", erkundigte sie sich. Frowijn blickte Karl hilfesuchend an; durfte die Sekretärin eines Vorstandsmitglieds alles wissen? Karl sprang in die Bresche und antwortete:

„Liebe Frau Naseweis, das ist eigentlich ein Betriebsgeheimnis, aber ich will ihnen ausnahmsweise offenbaren, dass Herr Frowijn eine Hausordnung erstellt hat, wonach nur verheirateten Paaren der gemeinsame Aufenthalt in einem der beiden Schlafzimmer gestattet ist. Außerdem ist ein Nachtgebet vor dem Schlafengehen vorgeschrieben".

Die beiden Männer lachten und Karls Sekretärin verzog schmollend den Mund. Als einer der jüngeren Mitarbeiter sich zu ihnen gesellte und sie um einen Tanz bat, verließ sie bereitwillig die Runde.

Karl erfuhr Monate später, dass es wohl nicht bei dem Tanz geblieben war und dachte zunächst leicht amüsiert, dass den jungen Leuten wohl nichts mehr heilig war. Aber ein kleines Störgefühl machte sich bei ihm doch breit. Die Dame war schließlich *seine* Sekretärin, und auch wenn das *ius primae noctis* vergangener Jahrhunderte dem Zeitalter der Aufklärung zum Opfer gefallen war, blieb ein Rest atavistischen Rudeldenkens hängen. Er nahm dem jungen Mann, der später in der Branche eine beachtenswerte Karriere durchlaufen sollte, dieses Abenteuer mit seiner Sekretärin krumm. Als Onkel Hans ihn viele Jahre danach von einem anderen Unternehmen als Vorstandsmitglied zurückholen wollte, sprach Karl sich mit fadenscheiniger Begründung dagegen aus.

Marktordnung im Müllgeschäft

Karl saß an einem sonnenverwöhnten Spätsommertag mit einer PR-Mitarbeiterin in einem provisorisch hergerichteten Festzelt. Ihnen gegenüber löffelte der Umweltdezernent eines Landkreises eine Bohnensuppe nach Hausmannsart. Dabei lief ihm der Schweiß von der Stirn über das pockennarbige Gesicht und tröpfelte langsam in seine Suppe. Die PR-Dame hatte dies wahrgenommen und den Verzehr ihrer Suppe eingestellt. Karl war weniger empfindlich und löffelte ungerührt seine Terrine aus; er liebte einfache Mahlzeiten und diese Catering-Suppe war vorzüglich. Dabei hätte der Anlass zu dieser frugalen Mahlzeit auch ein rauschendes Fest in pompösem Rahmen gerechtfertigt. Es war gelungen, einen langfristigen Vertrag mit dem Landkreis über die Aufrüstung und den Betrieb der Kreisdeponie abzuschließen und man feierte die Übernahme der Deponie.

Die Akquisitionsphase hatte sich über mehr als ein Jahr hingezogen. Der Dezernent hatte mehrere Unternehmen angesprochen und sich indikative Angebote eingeholt. Karls Leiter der Deponiebetriebe und die zum Unternehmen gehörige Planungsgesellschaft hatten ein technisches Konzept vorgelegt, das höchste Anerkennung fand. Keines der im Wettbewerb stehenden Unternehmen konnte da mithalten. Einer der Konkurrenten hatte sich von einer technischen Hochschule ein Konzept ausarbeiten lassen. Das war zwar ernst zu nehmen, aber es fehlte die Authentizität. Karl konnte den Dezernenten davon überzeugen, dass im Unternehmen von Onkel Hans nicht nur Konzepte entworfen, sondern vom Unternehmen selbst auch in der Praxis umgesetzt würden; auf Grund der Erfahrungen mit eigenen Deponien wisse man anders als Hochschulprofessoren, was realistisch und praxistauglich sei, und man stehe vertragsrechtlich auch für die Umsetzung ein, während der Wettbewerber sich mit Fehlleistungen der beauftragten Hochschule zu exkulpieren suchen werde. Damit konnte er den Dezernenten letztlich überzeugen.

Etwas schwieriger war es, Onkel Hans zu überzeugen. Der Landkreis lag in einem Gebiet, das nach den ungeschriebenen Regeln der Müllbranche nicht zu der Einflusssphäre von Onkel Hans´ Unternehmen gehörte. Da hatte man dem Platzhalter den Vortritt zu lassen. Verstöße gegen den Kodex führten dazu, dass man auch im eigenen Gebiet mit Angriffen zu rechnen hatte.

Karl war in seiner Anfangszeit beim Unternehmen mit einem solchen unbotmäßigen Angriff befasst gewesen. Der Leiter einer Niederlassung hatte ihn um Hilfe gebeten; er war vom Einkaufsleiter eines großen Automobilherstellers zu einem Termin zitiert worden. Es drohte erheblicher Ärger. Der Automobilhersteller hatte die komplette Werksentsorgung ausgeschrieben. Das Werk lag in Onkel Hans´ Region, er hatte somit nach den Regeln der Branche den ersten Zugriff. Um dies zu gewährleisten, ohne dass man in den Ruch von wettbewerbswidrigem Verhalten kam, mussten die Preise der Anbieter sorgfältig aufeinander abgestimmt werden. Der Leiter der zuständigen Niederlassung hatte seinen Stellvertreter mit dieser heiklen Aufgabe betraut. Alles schien einfach zu laufen. Der Vertriebsleiter des Wettbewerbers hatte vorgeschlagen, ihm die Angebotspreise auf einem Zettel zu schicken, dann könne man sich mit geringem Abstand darüber legen. Als die Angebote beim Automobilhersteller geöffnet wurden, fand sich im Umschlag des Wettbewerbers, der absprachegemäß einen höheren Preis angegeben hatte, der Zettel mit den niedrigeren Preisen, der ihm als Orientierungshilfe übermittelt worden war.

Als Karl sich nun mit dem Niederlassungsleiter auf dem Weg zu dem Automobilhersteller befand, ermahnte er ihn, nichts einzugestehen, er solle ihm das Wort überlassen. Nun, es bedurfte keiner großen Plädoyers und Ausreden, sie wurden von dem Einkaufsleiter mit den Worten empfangen:

„Wir wissen alles, der Werksschutz hat herausgefunden, wessen Schrift sich auf dem Zettel befindet. Ihr Unternehmen wird von der Lieferantenliste gestrichen".

Diese Geschichte brachte Karl bei Onkel Hans in Erinnerung, als dieser zögerte, die Deponie im „Feindesland" zu übernehmen. Es war nämlich eben dieses Unternehmen, in dessen Region die Deponie lag, welches seinerzeit bei dem Automobilhersteller falsch gespielt hatte. Onkel Hans gab grünes Licht, wobei Karl nie erfuhr, ob er Karls Revanchegelüste teilte oder ob er sich von der Aussicht auf einen millionenschweren Deponieauftrag dazu bringen ließ, die Gesetze der Müllmafia zu ignorieren.

Mit dem Dezernenten des Landkreises waren schließlich nur noch die Preisregelungen zu finden. Der Mann war in den Verdingungsordnungen für Bau- und Dienstleistungen firm. Dort kannte man als Regelfall den Wettbewerbspreis, der durch Ausschreibung ermittelt wurde. Karl konnte ihn überzeugen, dass diese Regelungen für eine langjährige Geschäftsbeziehung, bei der der Leistungsumfang immer wieder variierte, nicht passten. Er schlug die Regelungen des öffentlichen Preisrechts vor, die bei freihändig vergebenen Aufträgen den öffentlichen Auftraggeber davor schützen, mit Mondpreisen überzogen zu werden. Der Gewinn des Unternehmers ist je nach Preistyp bei maximal fünf Prozent der Kosten gedeckelt. Dafür ist ihm die Überwälzung der Kosten immer sicher, da selbst bei einem vorkalkulatorischen Preis ein Defizit in den Folgejahren kompensiert werden kann.

Hinzu kam eine Besonderheit, die aus vielen der von Onkel Hans im Auftrag der entsorgungspflichtigen Körperschaften betriebenen Deponien wahre Goldgruben machte. Bei Vertragsschluss lag dem Leistungsverzeichnis ein bestimmter Stand der Technik zugrunde, an dem sich die Erstkalkulation orientierte. Da die Deponietechnik im Zuge der Umwelthysterie ständig auf Verbesserungen hin arbeitete und die Kostenbasis wuchs, erhöhte sich die Bemessungsgrundlage für den zugestandenen Gewinn permanent. Die Mitarbeiter der zum Unternehmen gehörenden Ingenieurgesellschaft bemühten sich um solche Verbesserungen der Deponietechnik, die sie dann den Aufsichtsbehörden nahe brachten, die wiederum bereitwillig, getragen vom Sendungsbewusstsein ökologischer Weltverbesserer, die Auflagen für die Genehmigung erhöhten und damit unbewusst Onkel Hans steigende Gewinne bescherten.
Die Optimierung dieses Modells bestand dann darin, dass Onkel Hans sich an dem Unternehmen beteiligte, das die Deponiebauarbeiten ausführte. Da dessen Preise dem öffentlichen Auftraggeber als Fremdkosten zu zeigen waren, um den Anschein von marktüblichen Preisen zu erwecken, erfolgte diese Beteiligung unter der höchsten Geheimhaltungsstufe. Karl hatte Gefallen an solchen Gestaltungen gefunden und begriffen: wer im Müll arm bleibt, ist dumm.

Müll-Freundschaft

Die Arbeit im Unternehmen war fordernd, aber Karl fühlte sich wohl. Er hatte zu den meisten Kollegen und Mitarbeitern ein gutes Verhältnis, und die Zahlen in seinem Geschäftsbereich stimmten, sodass die jährliche Bonuszahlung immer die Höchstgrenze erreichte. Diese Sonderzahlungen verwendete er für die Tilgung des

Darlehens, das er und Miriam für ihr neues Haus aufnehmen mussten; so waren sie in einigen Jahren schuldenfrei.

Im Laufe der Zeit war er zweimal von Head-Huntern angesprochen worden, aber das interessierte ihn nicht. Er verdiente genug, um seine Wünsche erfüllen und seine Familie unterhalten zu können. Er sah keine Veranlassung, sich auf das Abenteuer eines Neubeginns einzulassen. Er konterte deren schmeichelnde Attacken mit dem Gegenangebot, ihnen einige gute Leute aus der Branche zu benennen, wenn sie ihrerseits niemanden aus seinem Unternehmen ansprechen würden.

Eine besondere Beziehung verband ihn mit dem Inhaber eines mittelgroßen Entsorgungsunternehmens, an dem Onkel Hans eine Beteiligung erworben hatte und deren Betreuung zu Karls Geschäftsbereich gehörte. Der Inhaber, er hieß Gerd, war ein durch harte Aufbauarbeit kantig gewordener Typ, der fast Karls Vater hätte sein können. Viele fürchteten ihn, andere belächelten ihn, aber Karl fand Zugang zu ihm, weil er sich mit seinen gelegentlich etwas schlichten Vorstellungen eingehend auseinandersetzte und ihn auch wirklich schätzte. Er unterstützte ihn bei den zunehmend komplizierter gewordenen Vertragsverhältnissen mit kommunalen Auftraggebern oder auch dem Betreiber des Dualen Systems. Sie waren Freunde geworden und Karl wurde von Gerd des Öfteren zum Skatspielen oder zum Essen eingeladen. Freund Gerd lebte gemessen an seinen finanziellen Möglichkeiten bescheiden; nur eines gönnte er sich, den jeweils größten Mercedes. Bei einem ihrer Treffen sprach Gerd ein ihn bedrückendes Gerücht an.

„Die Leute aus deiner Firma erzählen, dass du von deiner Frau getrennt lebst und mit einer anderen Frau herumläufst. Das verstehe ich nicht, wie kannst du so eine wunderbare Frau verlassen. Sie ist außerdem doch die Nichte deines Chefs".

Karl war klar, dass solche Vorkommnisse nicht in das von Tradition und Anstand geprägte Weltbild seines Freundes Gerd hineingehörten. Dessen außereheliche Eskapaden erschöpften sich darin, der hübschen Kellnerin in seinem Lieblingslokal zusammen mit einem großzügigen Trinkgeld zu sagen: ‚Ich würde Sie gerne mal zum Essen einladen, aber ich weiß nicht, ob Sie sich mit meiner Gattin vertragen'. Als Karl die leicht vorwurfsvollen Worte seines Freundes hörte, dachte er: ‚Der Fabeldichter *Phaedrus* hatte doch Recht, *Die Dinge sind nicht immer so, wie sie scheinen*. Das muss ich zurechtrücken'.

Er antwortete:

„Lieber Gerd, jede Katastrophe hat eine Vorgeschichte. In diesem Fall eine lange Vorgeschichte. Bestelle noch zwei Aquavit, dann fällt mir das Erzählen leichter", und fuhr sodann fort:

„Es ist etwa zwei Jahre her, dass mir zum Ende eines Firmenseminars der Jan Frowijn, den du ja kennst, in vertraulichem, mitleidsgeschwängertem Ton mitteilte, er finde es unvorstellbar schlimm, dass meine Frau mit dem Freddy, dem Sohn aus dem Müllunternehmen, das du vielleicht auch kennst, zusammen sei. Ich schluckte. Um Haltung zu bewahren, antwortete ich leichthin: ,Such is life' und suchte schnell das Weite. Diese Nachricht hat mich, wie du wohl verstehen wirst, zutiefst verunsichert. Bei nächster Gelegenheit fragte ich meine Frau, ob das Gerücht stimme. Es fiel ihr offenkundig nicht besonders schwer, dies zu bestätigen; es sei an mir, ob ich mich scheiden lassen wolle".

Karl machte eine Pause, trank von seinem Aquavit und erzählte weiter:

„Ich sagte darauf nichts und ging in den Garten. In mir machte sich Verzweiflung breit. Scheidung würde bedeuten, dass ich meine Kinder bestenfalls am Wochenende zu Gesicht bekäme; das hätte mir das Herz gebrochen. Ich kam zwar abends oft spät aus dem Büro oder von Terminen, aber ich bemühte mich immer, den Kindern zum Einschlafen wenigstens noch vorlesen zu können. Das war mir wichtig und darauf wollte ich unter keinen Umständen verzichten. Also arrangierte man sich. Das sah dann so aus, dass sie wochentags die Hausmutter spielte und an den Wochenenden weg war. Dann war ich mit den Kindern allein. Ich lernte sämtliche Vergnügungsparks im großen Umkreis kennen. Das war zwar ein tragbarer Kompromiss, aber wenn ich andere, vollständige Familien sah, schlug mir das aufs Gemüt. Und irgendwann zog meine Frau mit der jüngeren Tochter zu Freddy. Die ältere Tochter ging Gott sei Dank nicht mit, aber sie war natürlich oft bei ihrer Mutter, sodass ich in dem großen Haus allein saß. Nun gehöre ich nicht zu denen, die dazu neigen, sich aus Verzweiflung hinter den Zug zu werfen, also suchte ich Gesellschaft, weibliche Gesellschaft. Das war in zweierlei Hinsicht kompliziert. Zum einen hatte ich wenig Zeit, sodass ich die Damengesellschaft schon mal aus dem Unternehmen rekrutierte, zum Zweiten wurde ich die jeweilige Gesellschaft schnell leid".

Gerd nahm diese Lebensbeichte mit ernstem Gesicht hin, dann sagte er mit fast vorwurfsvollem Unterton in der Stimme:

„In der ganzen Entsorgungswirtschaft, und besonders in eurem Unternehmen, beobachte ich, dass traditionelle Werte auf die leichte Schulter genommen werden. Da kommt so etwas heraus".

Nach einem Schluck Aquavit machte sich schließlich ein verschmitztes Lächeln auf seinem Gesicht breit, und er fragte bedeutungsvoll:

„Deine Sekretärin...?",

„Du erwartest jetzt sicherlich keine Antwort", erwiderte Karl, „aber seit einigen Wochen kenne ich eine Dame aus ganz anderem Umfeld. Eine eindrucksvolle Erscheinung und sie hat als erste auch keine Angst vor meinem Hund".

Das stellte für Karl immer einen bedeutsamen Entscheidungsparameter dar. Miriam und er hatten nach ihrer Rottweiler-Hündin wieder einen Hund angeschafft, diesmal eine Mischung aus Rottweiler und Boxer; ein prächtiges Tier, aber gegenüber Fremden argwöhnisch. Eine frühere Bekanntschaft hatte Karl dringend einen Hundetrainer empfohlen, das war das Ende der Romanze.

Die Schilderung dieser Erlebnisse hatte dem als Beichte begonnen Gespräch eine lockere Wendung gegeben und Gerd sah sich veranlasst, Aquavit nachzubestellen. Er fragte:

„Und diese neue Bekanntschaft hat Zukunft?"

„Auf jeden Fall", sagte Karl, „sie ist Liebhaberin von Opern und klassischem Theater. Ich könnte beim *Nabucco* inzwischen im Gefangenenchor mitsingen. Alle zwei Wochen schleppt sie mich zu einer Vorführung. Als nächstes ist ein Stück im Deutschen Theater in München dran. Ich habe schon ein Zimmer im *Bayerischen Hof* reserviert".

Gerd war beeindruckt, er liebte Operetten und sah seinen Freund auf dem Weg in geordnete Verhältnisse. Das wollte er unterstützen. Er sagte zu Karl:

„Wenn du nach München fährst, kannst du gerne meinen Mercedes nehmen, damit fährt es sich bequemer als mit deinem Porsche".

Karl blickte erstaunt. Das war ein verlockendes Angebot, mit dem Zwölf-Zylinder über die Autobahn zu gleiten.

Nadine, so hieß die vielversprechende Bekanntschaft, hatte Karl mit skeptischem Blick begrüßt, als er mit dem fetten Mercedes vor ihrem Reihenhaus im Essener Süden vorgefahren war, um sie abzuholen.

„Müssen wir im Auto übernachten? Oder weshalb sonst kommst du mit solch einer Sänfte?"

Darauf war Karl nicht gefasst. Er war davon ausgegangen, dass sie seine Begeisterung für Hubraum, PS und Sozialprestige teilen würde.

„Mein Porsche ist in der Werkstatt", flunkerte er leicht enttäuscht.

Nadine hatte wohl bemerkt, dass Karls Stimmung einen Dämpfer erhalten hatte. Nachdem sie losgefahren waren, versuchte sie deshalb, ihn wieder aufzumuntern.

„In einem so großen und noblen Mercedes bin ich noch nicht gefahren, man sitzt ja majestätisch. Dagegen ist mein Kombi-Mercedes ein Kleinwagen. Von wem hast du das Auto?“

„Ein befreundeter Unternehmer hat so wie du eine Leidenschaft für Singspiele. Als ich von unserem Ausflug nach München zu Verdi erzählte, hat er mir spontan sein Auto angeboten“, erklärte Karl in einem Tonfall, der verriet, dass sein Stimmungstief noch nicht vollständig überwunden war.

Jetzt war Nadine eingeschnappt.

„Mein Freund, wenn du Verdis Opern als Singspiele bezeichnest, müssen wir Grundsätzliches klären“, antwortete sie distanziert.

Karl musste einlenken, um das Wochenende zu retten. Er legte beruhigend seine rechte Hand auf ihren Oberschenkel. Dazu musste er sich nach rechts beugen, weil die Sitze geräumig auseinanderstanden und der Kardantunnel mit Ablagefach wie eine Mauer einer körperlichen Vertraulichkeit im Weg stand. ‚Der Carrera ist doch eindeutig das kommunikativere Auto‘, dachte Karl. Laut sagte er:

„Entschuldige, ich bin durch dich doch inzwischen auch zum Verdi-Liebhaber geworden. Ich finde sogar, dass durch seine Musik erotische Neigungen geweckt werden“.

Jetzt lachte Nadine.

„Dann hast du wohl letztens einen erotischen Traum gehabt, als ich dich wachrütteln musste. Nimm jetzt bitte die Hand wieder ans Steuer, es gehört sich nicht, in einem fremden Auto auf der linken Spur bei zweihundert Sachen zu fummeln“.

Karl war froh, dass die Stimmung sich wieder gelockert hatte. Er war sicher, dass das Aufflammen erotischer Neigungen nicht von Verdi abhängig sein würde. Er konnte sich auf das Ambiente ihres Zimmers im *Bayerischen Hof* verlassen.

Bis auf die Höhe von Stuttgart verlief die Fahrt so, wie Karl sich das insgeheim vorgestellt hatte. Er konnte dieselbe Reisgeschwindigkeit einhalten, wie er das mit dem Porsche gewöhnt war, nur merkte man nichts; der Motor blieb leise und die Fahrbahn weich wie ein Wolkenteppich. Hinter Stuttgart bemerkte Karl plötzlich ein leises Ruckeln des Motors. Er trat das Gaspedal durch, aber es kam keine Kraft mehr. Offenbar hatten sich einige Zylinder abgeschaltet. Nun blieben von den zwölf Zylindern zwar noch genügend übrig, um das Auto am Laufen zu halten, aber der Spaß war dahin. Karl hatte Sorge, das Ziel fahrend zu erreichen. Das gelang zwar, sie kamen an, aber Karl parkte den Wagen in großem Abstand vom *Bayerischen Hof*. Er wollte vermeiden, dass der Wagen in Sichtweite des Hotels womöglich nicht ansprang und der Portier hochnäsig denken könnte: ‚Dicker Wagen, aber kein Geld für Inspektionen, wahrscheinlich ein Müll-Kutscher…‘

Dem Mann konnten die subtilen Möglichkeiten der Müllbranche, unter dem Deckmantel der ökologischen Weltverbesserung an das Geld des Verbrauchers zu kommen, nicht bekannt sein. Auch Karl sollte die Erfahrung machen, dass es Leute im Unternehmen gab, die ihm hierin überlegen waren.

Optimierte Kreislaufwirtschaft

An einem dieser Sommertage, die Lust auf Natur machen, war Karl auf dem Weg zu einem Tochterunternehmen, das seinen Sitz in der Eifel hatte. Seit dem vergangenen Herbst fuhr er ein Porsche-Cabriolet und genoss nun die Fahrt über kleine Landstraßen mit offenem Verdeck. Frisch gemähte Wiesen verbreiteten ihren herben unnachahmlichen Duft, und der Blick über ausgedehnte Felder, die sich den Höhen und Niederungen der Landschaft anpassten, wirkten wie ein Laudanum auf das Gemüt. Hier schien die Welt in ihrer archaischen Ordnung stehengeblieben zu sein. Die Gedanken schweiften aus und wurden frei vom Müll verdichteter Siedlungsgebiete, in denen konkurrierende Raumansprüche um jeden Quadratmeter Platz kämpften; Wohnraum gegen Auto, Auto gegen Fahrrad und Fahrrad gegen Fußgänger. Und dazwischen die Fahrzeuge der Müllabfuhr, der Straßenreinigung und des ÖPNV, die sich mit robustem Fahrstil durch das Chaos kämpften, um ihre Tourenplanung einzuhalten. Das war hier anders. Die Weite der Landschaft entschleunigte den Geist.

Karl erinnerte sich an die Jahre seiner Kindheit im Westerwald. Dort war er mit den Kindern benachbarter Bauern zur Heuernte gefahren, hatte beim Beladen des Ochsenkarrens geholfen, und sie durften auf dem Heimweg hoch oben auf dem Heu sitzen. Es war eine glückliche unbeschwerte Zeit.

Während Karl noch diesen Gedanken nachhing, holte ihn die Wirklichkeit ein. Vor ihm tauchte ein Traktor auf, der einen Anhänger mit einem Flüssigkeitsbehälter von sicherlich zwanzig Kubikmeter Volumen hinter sich her zog. Statt des Duftes der Natur umwehte Karl jetzt der unverkennbare Geruch von Gülle. Er scherte aus, um den Traktor zu überholen. Im Rückspiegel sah er aus der Ferne einen Volkswagen mit hoher Geschwindigkeit herannahen, der äußerlich mit allem ausgestattet war, was man für eine Touristenfahrt über die Nordschleife des Nürburgrings braucht. Der Frontspoiler reichte bis auf Daumenbreite an die Fahrbahn und über die Karosserie zog sich ein hellgelber Ralleystreifen. Die unter verbreiterten Radkästen verborgenen Räder waren nicht zu sehen, aber Karl hätte gewettet, dass der Wagen sich auf überdimensionierten Niederquerschnittreifen bewegte.

Er war sich darüber im Klaren, dass er den Volkswagen zum Abbremsen zwingen würde; er konnte sich auch die Gemütslage des Fahrers dabei vorstellen. Und so war er nicht überrascht, als dieser hupend und blinkend dicht auffuhr. Unbeirrt setzte Karl sein Überholmanöver im Modus der Spazierfahrt fort und ließ den Verfolger sein ekstatisches Programm mit Signalhorn und Lichthupe abspielen. Als er den Traktor passiert hatte, scherte er wieder auf die rechte Fahrbahnhälfte ein und gab die Überholspur frei. Als der Volkswagen zum Überholen ansetzte, gab Karl Vollgas. Der Porsche schien auf dieses Signal gewartet zu haben. Es brauchte zwei Wimpernschläge, um das Turboloch zu überwinden, dann schoss der Wagen vorwärts. Karl drehte den zweiten Gang bis kurz vor den roten Strich des Drehzahlmessers und ließ den dritten Gang bis fünftausend Umdrehungen laufen. So hatte der Wagen im Handumdrehen auf einhundertfünfig Stundenkilometer beschleunigt. Der Verfolger-Volkswagen war zurückgeblieben und hatte seine Unmutsäußerungen eingestellt. Karl reduzierte die Geschwindigkeit wieder auf Landstraßentempo und ließ den Volkswagen vorbeiziehen. Er hob grüßend die Hand und erhielt die Antwort in Form eines Mittelfingers. Karl lächelte vergnügt und dachte: ‚Wenn du wüsstest, wie ich früher auf Drängler reagiert habe‘.

Es hatte tatsächlich eine Zeit gegeben, in der Karl es persönlich nahm, wenn ihn jemand überholen wollte. Damals pflegte er zu warten, bis derjenige dicht aufgefahren war und simulierte ein Bremsmanöver, was den Verfolger zu einer hektischen Notbremsung zwang. Dann gab er Gas und sorgte dafür, dass der Verfolger keine Chance zu einem Revanchefoul bekam. Inzwischen war er ruhiger geworden und brachte den Hitzköpfen mit lächerlich getunten Autos ein gewisses Verständnis entgegen.

Karl fuhr noch eine Weile im Modus des Genießens, dann dachte er an den bevorstehenden Termin. Er hatte ein unangenehmes Gespräch vor sich. Die Zahlen des Unternehmens ließen zu wünschen übrig und der Geschäftsführer stand im Verdacht, in die eigene Tasche zu wirtschaften. Außerdem waren Fragen im Zusammenhang mit dem Dualen System zu klären. Das letztere Thema brannte Karl besonders auf den Nägeln.

Die Entwicklung der Leistungserbringung für den Systembetreiber hatte bedenkliche Züge angenommen. Onkel Hans hatte sein Unternehmen zu einem der größten Lieferanten des Dualen Systems gemacht. Das war nicht unverdient, denn er war in gewisser Weise Taufpate und Lebensretter dieses Anfang der neunziger Jahre vom Umweltgesetzgeber eingeführten Systems der getrennten Verpackungsentsorgung. Die Hersteller und Vertreiber von sogenannten Verkaufsverpackungen waren zu einer Abgabe auf ihre Verpackungen gezwungen worden. Diese landete bei dem privat organisierten Dualen System, das mit Hilfe der Entsorgungsunternehmen diese Verpackungen nach Gebrauch haushaltsnah zurückzuholen und einer Verwertung zuzuführen hatte.
Der Gesetzgeber hatte sich einem Berg von gut dreizehn Millionen Tonnen an Einwegverpackungen bei schrumpfenden Deponiekapazitäten gegenüber gesehen und als Ausweg mit der Herstellerverantwortung ernst gemacht. Dabei sollte die Durchführung von der Privatwirtschaft selbst organisiert werden, der Zeitgeist war neoliberal.

Es war der Onkel Hans eigene Instinkt für das große Geld am Ende eines langen Tunnels, der ihn veranlasste, in diesem neu eröffneten Casino gleich die besten Plätze zu belegen. Es ging um einen Milliardenmarkt. Karl hielt das ganze System für eine fraudulöse Veranstaltung im makroökonomischen Maßstab, weil der vom Verbraucher zu zahlende Aufwand in keinem auch nur annähernd vertretbaren Verhältnis zum ökologischen Ergebnis stand. Es war aber zugleich eine Einladung zum Betrug im mikroökonomischen Bereich; die Leistungspartner aus der Müllbranche übertölpelten das Duale System in einer Weise, dass ein Jahr nach Gründung die Insolvenz anstand. Es war Onkel Hans, der seine ganze Branche davon überzeugte, dass man das System retten und künftig etwas ehrlicher abrechnen müsse, weil bei einem Scheitern des Systems der Staat die Aufgabe übernehmen und der schöne Geldfluss versiegen werde.

Nun hatte es das Einsammeln und Verkaufen von Altpapier und Altglas schon immer gegeben, aber das Duale System vergütete den zusätzlichen Aufwand für die haushaltsnahe Sammlung und die Sortierung der Fraktionen üppig; dies unter der Voraussetzung, dass eine Verwertung nachgewiesen wurde. Onkel Hans erkannte, dass der sogenannte *Verwertungsnachweis*, den man von einem Betrieb für die Weiterverarbeitung erhielt, viel Geld wert sein konnte.

Beim Altpapier verhielt es sich so, dass eine zu Onkel Hans' Unternehmen gehörige Hausmüllsortieranlage auch Papier aussortierte, das aber dem Hausmüll in Aussehen und Geruch so ähnlich blieb, dass jede Papierfabrik den anliefernden Lkw sofort vom Hof gejagt hätte. Um in den Genuss des Verwertungsnachweises auch für diesen Müll zu kommen und beim Dualen System hochpreisig abrechnen zu können, nahm er die Gelegenheit wahr, eine alte und heruntergekommene Papierfabrik zu kaufen. Der Geschäftsführer wurde angewiesen, das Müllpapier dem *Pulper*, das ist das Wasserbad zur Auflösung der Papierfasern, zuzuführen und Verwertungsnachweise auszustellen. Der arme Mann saß dann auf Mengen von Restmüll. Die Sorge um dessen kostenintensive Beseitigung wurde ihm aber genommen; die Masse an Abfall wurde von den Anlieferfahrzeugen mitgenommen und auf der nahe gelegenen Hausmülldeponie abgekippt, einer Deponie, die natürlich auch von Onkel Hans' Unternehmen betrieben wurde. Das Duale System bezahlte für diese Müllpapiermengen und freute sich über scheinbar hohe Verwertungsquoten. Ein Kollege von Karl nannte diese Handhabung *optimierte Kreislaufwirtschaft*.

Beim Altglas war die Ausbeutung des Systems noch offenkundiger. Die glasverarbeitende Industrie hatte zunehmend hohe Anforderungen an die Reinheit des Altglases gestellt. Dies war mit dem aus Altglas-Sammelcontainern erfassten Glas nicht zu erreichen. Onkel Hans ließ deshalb eine Aufbereitungsanlage bauen, die mit Hightech-Maschinen diese Standards erreichte. Das war sehr aufwendig, wurde aber durch die vom Dualen System gezahlten Vergütungen gedeckt. Diese Vergütungen lagen beim Mehrfachen dessen, was für sauberes Altglas, wie es etwa in Brauereien als Ausschussware anfiel, von einer Glasfabrik gezahlt wurde. Dieser Mehrpreis rechtfertigte sich unter anderem durch den Aufwand bei Aufstellung, Instandhaltung und Entleerung der Altglascontainer, die inzwischen allerorts das Stadtbild verunzierten.

Hier begann das Problem, über das Karl mit dem Geschäftsführer der Tochtergesellschaft zu sprechen hatte. Die Tochtergesellschaft hatte eine große Brauerei in der Eifel seit Jahren als Kunden. Man entsorgte deren Gewerbeabfall und übernahm auch den Transport der Flaschen, die durch Bruch oder wegen Fehlern im Material unbrauchbar waren, zur Glasfabrik. Dort erhielt die Brauerei eine Vergütung zwischen zwanzig und vierzig D-Mark. Der Transportauftrag war kein üppiges, aber ein ehrliches Geschäft. Der Leiter einer großen Niederlassung im Reich von Onkel Hans erbrachte Leistungen für das Duale System, unter anderem die haushaltsnahe Sammlung von Altglas für fast eine Million Einwohner.

Karl hatte über Informationskanäle gehört, dass dieser Niederlassungsleiter sich dem Geschäftsführer des Tochterunternehmens in der Eifel genähert hatte mit dem Ansinnen, das Altglas der Brauerei zu übernehmen; er sollte auch angeboten haben, pro Tonne Altglas einen Tribut an das Tochterunternehmen zu zahlen. Karl dämmerte der Zusammenhang: das Altglas aus der Brauerei sollte statt zur Glasfabrik nunmehr zu der unternehmenseigenen Altglassaufbereitungsanlage gefahren und dort als Sammelware aus dem Dualen System deklariert werden. Er hatte anlässlich einer Besprechung in größerem Kreis diesen Niederlassungsleiter scherzhaft darauf hingewiesen, dass man gewerbliches Altglas vor der Abrechnung beim Dualen System zumindest in haushaltsnahe Depotcontainer eingefüllt haben müsse, um die Leistungen, die man abrechnete, auch erbracht zu haben. Zu Weisungen war Karl nicht berechtigt, weil dieser Niederlassungsleiter Onkel Hans unmittelbar unterstellt war. So blieb ihm nur, dem ihm unterstellten Geschäftsführer den unlauteren Handel mit dem Glas zu untersagen und ihn auf das Transportgeschäft zu reduzieren.

Jahre später erfuhr Karl jedoch, dass der im Abrechnungsbetrug geübte Niederlassungsleiter das Altglas von der Brauerei unmittelbar erworben hatte, indem er der Brauerei einen höheren Preis bot und die Tochtergesellschaft den Transport durchführen ließ, allerdings nicht zur Glasfabrik, sondern in seine Niederlassung, wo das Glas umgeladen und sodann als Sammelware aus Depotcontainern deklariert wurde. Die Geschäfte mit dem Dualen System gehörten nicht zu Karls Geschäftsbereich. Dies verantwortete ein Kollege in der Geschäftsleitung. Mit diesem besprach er irgendwann die möglichen Probleme, die sich aus dieser Handhabung ergeben könnten. Der Kollege verwies schulterzuckend auf den *Chef,* der dem Niederlassungsleiter freie Hand bei allem ließ, was *cash-flow* brachte.

Es sollte sich zeigen, dass die Parabel von dem Affen, der die Hand nicht mehr aus der Flasche bekam, weil er die Banane nicht los lassen wollte, im Müllmilieu gespielt haben musste. Die bisherigen Kontakte mit der Staatsanwaltschaft waren wohl zu harmlos, um eine Warnfunktion zu erfüllen. Bevor die Härte des Gesetzes das Unternehmen mit aller Wucht traf, bekam Karl aber Gelegenheit, mit der *Kavallerie der Justiz* auf nur leicht vermintem Gelände zu spielen.

Ein Müll-Staatsanwalt

Miriams Bruder hatte das BWL-Studium abgeschlossen und war bei seinem Onkel Hans in das Unternehmen eingetreten. Ihm war nichts geschenkt worden. Dennoch hatte er es verstanden, mit seinen Kollegen und Vorgesetzten ein so kollegiales Verhältnis aufzubauen, dass diese ihm bereitwillig folgten, als er später deren Vorgesetzter wurde. Er verfügte über fachliche und soziale Kompetenz.

Als im Zuständigkeitsbereich der von ihm geleiteten Niederlassung ein kleines Unternehmen, das sich mit flüssigen Abfällen befasste, erworben wurde, hatte er die Interim-Geschäftsführung mit dem Ziel zu übernehmen, das Geschäft zu integrieren. Bevor er jedoch die Gelegenheit hatte, sich mit dem Geschäftsgebaren des Mini-Unternehmens ernsthaft und intensiv zu befassen, kam eine Kontrolle der Genehmigungsbehörde, die eine Anzeige wegen Umweltvergehens nach sich zog.
Karl sorgte dafür, dass sein Schwager nicht nur einen Strafverteidiger bekam, sondern er stellte ihm auch einen in abfallrechtlichen Genehmigungsfragen kundigen Fachanwalt zur Seite. Zur Hauptverhandlung, die vor einem Amtsgericht stattfand, ging Karl mit. Er setzte sich hinter die beiden Anwälte. Die Anklage wurde von dem Leiter der *Schwerpunktstaatsanwaltschaft in Umweltsachen*, also für einen Amtsgerichtsprozess ungewöhnlich hochrangig vertreten. Karl hatte den Leitenden Oberstaatsanwalt bei einem früheren Besuch in seinem Büro kennen gelernt.

.

Damals hatte dieser ihn angerufen und um Aushändigung eines Vertrages gebeten, der mit einem Unternehmen abgeschlossen worden war, gegen das er ermittelte; er hatte erklärt, bei Karl im Unternehmen vorbeikommen und das Dokument abholen zu wollen. Das war ungewöhnlich, aber Karl unterhielt sich gerne mit praktizierenden Juristen, und er sagte bereitwillig zu. Dieser Vertrag lag in einer Niederlassung. Karl bat den stellvertretenden Niederlassungsleiter, der den Vertrag verhandelt und abgeschlossen hatte, mit dem Dokument zum Termin mit dem Oberstaatsanwalt in seinem Büro zu erscheinen. Der Oberstaatsanwalt gab sich umgänglich, erzählte von der Zunahme der Umweltdelikte und den Schwierigkeiten der Ermittlungsbehörden, komplizierte Sachverhalte gerichtsfest aufzuklären. Karl kommentierte diese Ausführungen flapsig mit den Worten:

„Das liegt wohl daran, dass nicht alles strafbar ist, was Ihre Behörde im Müll wittert. Dort, wo die Grenzwerte eines Stoffes darüber entscheiden, ob man oberhalb oder unterhalb einer Umweltgefährdung liegt, kommt es auf das Labor und die Probenahme an. Die ist gestaltbar. Wenn eine Probenahme problematische Grenzwerte aufzeigt, würde ich den Laboranten bitten, doch bitte eine Stelle in dem Müllhaufen zu suchen, an der ein günstigeres Ergebnis zu erwarten steht".

„Dann könnte es passieren, dass wir beide uns irgendwann an anderem Ort wiedersehen", sagte der Oberstaatsanwalt humorlos und fuhr fort, „ich gebe Ihnen ja Recht, wir erreichen verhältnismäßig wenige Verurteilungen; aber wenn wir gegen jemanden ermitteln, gehen wir so vor, dass der Beschuldigte sich künftig auf dem Pfad der Tugend hält. Auch ohne Verurteilung. Aber gut, lassen Sie uns jetzt mal zu dem Vertrag kommen, um den ich Sie gebeten hatte", schloss er das Geplänkel ab.

Karls Mitarbeiter war dem Gespräch andächtig gefolgt und holte den Vertrag eilfertig aus seiner Aktentasche. Der Mann war von massiver Statur und hatte Bärenkräfte, aber ein Oberstaatsanwalt im Dienst nötigte ihm offenkundig Respekt ab. Als der Oberstaatsanwalt dann noch bemerkte: „Ich freue mich immer, wenn jemand kooperiert. Ich habe jetzt zum Beispiel einen Durchsuchungsbeschluss in der Tasche und könnte das Gelände von der örtlichen Polizei umstellen lassen", wechselte der starke Müllmann vor Schreck die Farbe. Karl blieb gelassen und erwiderte ironisch:

„Dann freuen wir uns, dass wir Ihnen mit unserer Hilfsbereitschaft einen freien Nachmittag verschaffen konnten".

Dieser Herr hatte nun Karls Schwager im Visier. Nach dem Verlesen der Anklage stellte der Richter dem Angeklagten einige Fragen zur Person und zum

Sachverhalt. Daraus wurde schnell deutlich, dass ihm jegliche Kenntnis der Materie fehlte. Um dieser Peinlichkeit die Spitze zu nehmen, ergriff der Oberstaatsanwalt das Wort und erklärte dem Richter den in der Anklage zugrunde gelegten Sachverhalt, dessen strafrechtliche Relevanz und äußerte in Richtung zu dem Angeklagten:

„In Anbetracht Ihrer zahlreichen Verteidiger gehe ich davon aus, dass Sie zur Sache keine Einlassung geben".

Dann bemühte er sich, die Höhe des unrechtmäßig erlangten Vermögensvorteils darzulegen, indem er auf die Kosten einer ordnungsgemäßen Entsorgung der behandelten flüssigen Abfälle einging. Seine Kenntnisse der Kosten für die Entsorgung von Abfällen waren aber rudimentär, er hatte keine Ahnung und seine Berechnungen waren dementsprechend haarsträubend. Karl dämmerte es, dass es dem Oberstaatsanwalt in erster Linie auf Gewinnabschöpfung ankam. Der Strafverteidiger konnte hierzu nichts sagen, das nahm Karl ihm nicht übel, aber der Fachanwalt hätte hier einschreiten müssen. Karl stieß ihn von hinten unsanft an und flüsterte ihm zu:

„Das können Sie so nicht stehen lassen, der Kerl bringt die Abfallarten und deren Beseitigungskosten wild durcheinander".

Der schlaue Fachanwalt war wohl kein großer Redner, aber er verstand, dass er jetzt etwas sagen müsse, um sein Honorar zu rechtfertigen. Er meldete sich zu Wort und begann zaghaft, Einwendungen zu erheben. In diesem Augenblick sah der Oberstaatsanwalt Karl und erkannte ihn wieder. Er unterbrach die Ausführungen des Rechtsanwalts und wandte sich an den Richter:

„Wir müssen die Verhandlung kurz unterbrechen. Ich sehe im Zuhörerraum den Geschäftsführer der Muttergesellschaft. Mit dem möchte ich unter vier Augen sprechen".

Der Richter war wohl froh, eine Atempause zu bekommen und unterbrach die Sitzung bereitwillig. Der Oberstaatsanwalt bat Karl, mit ihm den Sitzungssaal zu verlassen. Auf dem Gerichtsflur kam er dann gleich zur Sache; er sei bereit, das Verfahren gegen Zahlung von zweihunderttausend D-Mark einzustellen.

Karl antwortete nach einigem Zögern:

„Zunächst muss ich Ihnen ein Kompliment dafür machen, dass Sie eine ökonomische Lösung für diesen umweltrechtlich problematischen Fall suchen. Bevor wir uns endlos mit Sachverständigengutachten und Gegengutachten zu befassen haben, sollten wir eine schnelle Lösung suchen, die beide Seiten zufriedenstellt", und fügte hinzu, „wir sind auch bereit, zu zahlen".

„Ich wusste, dass ich mit Ihnen rechnen kann“, sagte der Oberstaatsanwalt zufrieden.

„Dann lassen Sie uns bitte die Annahmen Ihrer Berechnung zur Höhe noch einmal rekapitulieren“, erwiderte Karl.

Der Oberstaatsanwalt führte aus:

„Wir gehen von Minimum tausend Tonnen Masse aus, die der Angeklagte als Sondermüll hätte beseitigen müssen. Das kostet pro Tonne einhundertfünfzig Mark zuzüglich Fracht. Wegen des Unrechtsgehaltes, der in dem Verstoß gegen die Genehmigung liegt, runde ich auf“.

„Wie kommen Sie darauf, dass dieser Stoff als Sondermüll beseitigt werden müsste?“, fragte Karl, „die Analysen deuten doch auf ein Gemisch, das, wenn es stichfest wäre, auf einer Hausmülldeponie mit Basis- und Oberflächenabdichtung hätte abgelagert werden können. Es dürfte sich bei genauerer Untersuchung als sogenannter *Sternchenabfall* herausstellen“.

Karl hatte von der Chemie der Sonderabfälle keine Ahnung, und um was es sich bei dem Stoff wirklich handelte, war ihm auch völlig schleierhaft. Aber mit dem Oberstaatsanwalt konnte er auf Laienebene diskutieren, dieser war ja auch nur Jurist. Da kam es lediglich darauf an, Argumente zu schöpfen, die dessen These in Zweifel zogen und denen er in diesem Vier-Augen-Gespräch nichts entgegen zu setzen hatte. Karl war sich sicher, dass der Mann kein Interesse daran hatte, im Dienste der Wahrheitsfindung die exakte abfallrechtliche Zuordnung des Abfallgemisches klären zu lassen. Der wollte mit schnellem Abschluss des Verfahrens und einem vorzeigbaren Erfolg seinen internen *Pensenschlüssel* bedienen. Dealen hat viel mit Pokerspielen gemeinsam. Der Oberstaatsanwalt schaute erstaunt auf. Er hatte wohl keinen Widerstand erwartet.

„Also dann müssen wir die Hauptverhandlung fortsetzen“, erwiderte er verstimmt. Das wollte Karl mit Rücksicht auf seinen Schwager auf keinen Fall, aber dies durfte er nicht durchblicken lassen. Also erhöhte er den Einsatz und antwortete:

„Dann muss ich die Verteidiger gleich anweisen, umfängliche Beweisanträge zu stellen. Das Gericht wird Sachverständige und sachverständige Zeugen hören müssen. Und ich bin mir sicher, die werden bestätigen, dass das Material auf einer unserer Hausmülldeponien unterzubringen wäre. Wir haben eine eigene Deponie mit der Genehmigung zur Ablagerung von industriellem Klärschlamm; das passt von den Grenzwerten. Und für die Entwässerung des Materials haben wir im Unternehmen eine Filterpresse. Insgesamt wären unter Anrechnung von Laden, Entwässern und Transportieren allenfalls Selbstkosten von fünfzigtausend D-Mark entstanden. Und unser Strafverteidiger meinte in der Vorbesprechung, Vorsatz könne seinem Mandanten ohnehin nicht nachgewiesen werden".

Der Oberstaatsanwalt zögerte, er kämpfte sichtlich mit sich selbst. Dann blickte er Karl entschlossen an und sagte:

„Mein letztes Wort ist Hunderttausend".

Karl war nicht ganz zufrieden. Die Summe schien ihm immer noch überhöht. Aber er musste die Gelegenheit nutzen, das Verfahren ohne Urteil zu beenden. So willigte er ein und verfluchte insgeheim die ungebremste Gier der Staatsorgane. Er tröstete sich damit, dass die Kosten der auf Stundenhonorarbasis arbeitenden Anwälte bei Fortsetzung des Verfahrens schnell um weitere Zehntausend gestiegen wären. Und zu einer Verurteilung wäre es mit hoher Wahrscheinlichkeit ohnehin gekommen, weil die Entsorgungsnachweise nicht regelgerecht erstellt waren.

So gingen die beiden in den Sitzungssaal zurück und der Oberstaatsanwalt erklärte dem Richter, wie der zu fassende Beschluss zu lauten habe. Von Miriam erfuhr Karl später, dass ihr Bruder gesagt habe, Geschäftsführer wolle er nie wieder spielen. Er hatte nicht Unrecht. Es sollte sich viele Jahre später in anderem Zusammenhang zeigen, dass die Geschäftsführung eines Tochterunternehmens in Onkel Hans´ Konzern eine gefährliche justizaffine Tätigkeit darstellen kann.

Der Oberstaatsanwalt war irgendwann vorzeitig pensioniert worden und hatte dem Unternehmen seine Dienste als Verteidiger in Umweltstrafsachen angeboten; Karl hatte daraufhin die Losung ausgegeben: „Wer den mandatiert, fliegt ´raus". Er hatte den Eindruck, dass Leute im Justizapparat, die mit Müll in Berührung gekommen waren, sich mit ungesundem Gewinnstreben kontaminiert hatten.

Charakterliche Defizite stehen aber nicht ausnahmslos mit Müll in Verbindung. Dies sollte Karl bei einem Golfturnier erfahren.

Müll im Golfsport

Onkel Hans hatte aufgrund seiner gesellschaftlichen Position viele Verpflichtungen und war immer wieder Anfragen ausgesetzt, bei denen interessante Ideen zur Förderung der Region nach Kapital suchten. So war er neben einem verarmten Freiherrn, der noch über Land verfügte, Investor für den Bau einer Golfanlage geworden. Kaufmännisch war das Projekt ein Desaster, aber Onkel Hans erfüllte eine gesellschaftliche Verpflichtung, die ihm das Wohlwollen der Kommunalpolitik sicherte. Wenn ihn jemand auf die wirtschaftliche Seite ansprach, lachte er nur. Sein Gespür für gute, mäßige oder schlechte Geschäfte hatte ihm von Anfang an gesagt, zu welcher Kategorie ein Golfclub gehörte.

Dem Onkel Hans'schen Standard entsprechend wurde die Golfanlage nach Fertigstellung eine der schönsten in der Region. Eine Landesbank, deren Vizechef bei Onkel Hans im Aufsichtsrat saß, veranstaltete ihr Kundenturnier in diesem Golfclub. Das war ein überaus vornehmes Event. Die Landesbank genoss zum damaligen Zeitpunkt noch uneingeschränkte Hochachtung. Ihre Verfilzung mit dem obersten Genossen der Landeregierung und der unverantwortliche Umgang mit dem Geld anderer Leute waren noch nicht in aller Munde.

Karl war als Vorstand in Onkel Hans' Unternehmen zu dem Turnier eingeladen und einem Flight zugelost worden. Als er zur angegebenen Startzeit zum Abschlag ging, standen dort bereits zwei Herren. Karl ging auf den nächst stehenden zu, stellte sich vor und reichte ihm die Hand, die dieser etwas verlegen entgegennahm. Als Karl die Prozedur bei dem zweiten wiederholte, sagte dieser erklärend, dass ersterer Herr sein Chauffeur sei, der seinen Golf-Caddy zu schieben habe. Jetzt fiel Karl erst auf, dass in der Tat nur ein Golfbag am Abschlag zu sehen war.

Dass manche Golfspieler sich in der Gewissheit bewegen, einen vornehmen, nicht für jedermann gedachten Sport auszuüben, hatte er wiederholt mit stillem Amüsement wahrgenommen. Aber einen Spieler mit Begleitpersonal hatte er noch nie erlebt. Ihm kam flüchtig die Idee, beim nächsten Turnier seine Assistentin entsprechend einzusetzen; da er aber keinen Golf-Caddy nutzte, sondern sein Bag trug, war dies wohl nicht machbar. Es sollte sich zeigen, dass der Golf-Chauffeur noch ganz andere Aufgaben hatte.

Als ein dritter Flight-Mitspieler eingetroffen war, verteilte man die Score-Karten und Karl hatte die Ehre des ersten Abschlags. Sein Handycap war das niedrigste, das bedeutete aber nur, dass die Mitspieler noch lausigere Golfer waren. Karl machte das Golfspiel Spaß, sein Ehrgeiz hielt sich aber in Grenzen; außerdem war es für ihn zu zeitintensiv. Er betrachtete das Golf spielen als den passenden Zeitvertreib für die Zeit nach dem Arbeitsleben.

Mäßige Golfspieler lernen auf diesem Platz das Rough fürchten. Aus Gründen des Naturschutzes steht das Gras am Rand so hoch, dass der Ball schon einen halben Meter außerhalb des Fairways nicht mehr zu sehen ist. Der vornehme Mitspieler im Flight zeigte Ehrgeiz, seine Abschläge gingen auch durchaus in Ordnung. Die Annäherung an das Grün konnte er auch. Die Schläge dazwischen mit dem langen Eisen verließen aber gelegentlich das Fairway, so wie es bei Karl und dem dritten Mitspieler auch vorkam, manchmal bis in das umgebende Gesträuch. Dann musste man suchen. Hier erwies sich der Chauffeur als echte Hilfe, allerdings nur für seinen Prinzipal. Und er schien eine Antenne für Golfbälle zu haben. Während Karl und der Dritte einige Male einen Ball verloren geben mussten, weil er innerhalb der vorgegebenen Zeit nicht auffindbar war, entging dem Chauffeur kein Ball seines Meisters, er signalisierte immer wieder aus Rough oder Sträuchern, dass er den Ball gefunden habe. Und es grenzte an ein Wunder, dass der Ball jeweils in spielbarer Position lag. Der vornehme Mitspieler ging zu der angezeigten Stelle und spielte wortlos weiter. Er zeichnete sich ohnehin nicht durch Humor oder Gesprächigkeit aus. Er spielte mit spröder Verbissenheit sein Spiel.

Am Ende der Partie hatte der vornehme Golfer am besten gescort. Man gratulierte und ging zum Clubhaus, um sich umzuziehen. Karl nahm mit dem dritten Mitspieler noch eine Erfrischung und sie lästerten ein wenig über den Vornehmen. Während sie an der Theke im Clubhaus saßen, kam der Golf-Pro vorbei und bemerkte in lustigem Ton an Karls Adresse, dass er schlecht gespielt und wohl doch zu wenig Golfstunden genommen habe..

„Ihr hattet aber auch mit einem besonderen Handycap zu kämpfen", deutete er nebulös an.

Karl blickte ihn fragend an und erfuhr hinter vorgehaltener Hand, dass der Golflehrer gesehen habe, wie der dienstfertige Chauffeur bei der Ballsuche durch ein Loch in der Hose einen Ball auf den Boden habe gleiten lassen, den er dann als gefunden meldete.

„Ihr hättet darauf achten müssen, welcher Ball geschlagen wird und ob der gefundene identisch ist", sagte der Golflehrer.

„Das hätte uns wohl nichts genützt", warf der Mitspieler ein, „ich erinnere mich, dass der Chauffeur anfangs den angeblich gefundenen Ball in die Höhe hielt und laut rief: *Titleist 2'* Ich hatte mich noch gewundert, was das sollte. Jetzt wird mir klar, dass das ein eingespieltes Betrügerteam ist. Muss da nicht die Turnierleitung einschreiten?"

„Ich habe meine Beobachtung gemeldet, aber man hat mir gesagt, ich solle das bloß vergessen, der Herr ist der Chef von Haniel".

Der Mitspieler äußerte sich empört, aber Karl fühlte sich in gewisser Weise erleichtert. Was immer die Müllbranche sich vorhalten lassen musste, beim Golfspiel betrügt dort keiner.

Regelwidriges Verhalten im Spiel und im Geschäftsleben haben eines gemeinsam: fällt man auf, wünscht man sich, alles ungeschehen zu machen. Während aber beim Sport im schlimmsten Fall eine Disqualifikation droht, kennt das Geschäftsleben kein Pardon, und Onkel Hans hatte einen Mitgesellschafter in sein Unternehmen gelassen, der die Maßnahmen der Ermittlungsbehörden unterstützen und die Gelegenheit nutzen sollte, ihn aus dem Müll-Circuit zu eliminieren.

Im Müllberg versunken

Die größten Fehler im Unternehmen geschehen dann, wenn alles zu gut läuft. Onkel Hans hatte einem DAX-Unternehmen der Energieversorgungsbranche eine hälftige Beteiligung eingeräumt und das ursprüngliche Einzelunternehmen über den Weg einer GmbH in die Rechtsform einer Aktiengesellschaft überführt. Karl wurde einer der Vorstände. Am operativen Geschäft änderte sich nichts, es wuchs weiter, und Onkel Hans wurde alsbald der Größte in seiner Branche. Sein DAX-Mitgesellschafter hatte vom Geschäft der Abfallentsorgung keine Ahnung und die Wirtschaftspresse nannte Onkel Hans deren Blindenhund in dieser Branche.

Der Müll war vornehm geworden. Im Aufsichtsrat bei Onkel Hans saßen einige Vorstände des DAX-Unternehmens, der Vizechef der Golf spielenden Landesbank, Vertraute von Onkel Hans und zwei Arbeitnehmervertreter.

Die DAX-Leute kamen zu den Sitzungen mit ihren chauffeurgesteuerten Limousinen vorgefahren, jeder für sich, auch wenn sie alle von ihrer

Hauptverwaltung abgefahren waren. Onkel Hans hatte als Vorstandsvorsitzender zur Lage des Unternehmens vorzutragen und sich anschließend ergänzenden Fragen zu stellen. Karl wunderte sich immer wieder, mit welcher Geduld Onkel Hans sich dieser Prozedur unterzog und auf die überwiegend sachkenntnisfreien Ausführungen der DAX-Herren einging. Er sah wohl auch hier einen großen Topf mit Geld am Ende eines Tunnels stehen. Was er nicht ahnte, waren die wenig erfreulichen Umstände, unter denen er Jahre später in den Besitz dieses Topfes kommen sollte.

Im Moment war *Share-Holder-Value* das Zauberwort, die Steigerung des Unternehmenswertes. Dazu trugen die DAX-Leute mit kruden Ansätzen bei. Deren Marketingabteilung hatte die Idee des *Cross-Selling* aufgegriffen. Karl mutmaßte, dass ein DAX-Vorstand beim Tanken einen Kaugummi in der Tankstelle gekauft und sich dabei gedacht hatte, wenn Sprit zusammen mit Kaugummi geht, geht auch Entsorgungsdienstleistung mit Stromlieferung. Die Idee hielt man für so fulminant, dass groß angelegte unternehmensinterne Seminare für alle Vertriebsstufen veranstaltet wurden, in denen die Müll-Leute angehalten wurden, Energie im Beipack zu verkaufen.

Karl versuchte es umgekehrt. Zu seinem Geschäftsbereich gehörte die Beteiligung an einem Stadtwerk, das Strom an Endkunden lieferte. Er trug dem Geschäftsführer des Stadtwerks auf, den periodischen Mitteilungen an sogenannte Sonderkunden, das waren die gewerblichen Abnehmer, eine Angebotsbroschüre über Entsorgungsdienstleistungen beizufügen und stellte einen Vertriebsmann zur Beratung ab.

Der Erfolg war nicht mäßig, er war null. Als der Stadtwerke-Geschäftsführer Karl deshalb eines Tages bat, mit diesem Unsinn aufhören zu dürfen, weil die Kunden bestenfalls verstört, zuweilen aber auch ungehalten reagierten, wurde die Aktion eingestellt.

Strom war mit Müll schlechterdings nicht zu kombinieren. Selbst das mittlere Management im Kerngeschäft der DAX-Mutter rümpfte die Nase. Es gelang nicht einmal, die Kraftwerke der DAX-Mutter dazu zu bewegen, die Abfälle ihrer Werke von dem nun zum Konzern gehörenden Entsorgungsunternehmen generell entsorgen zu lassen. Dort, wo es gelang, musste der jeweilige Einkäufer in besonderer Weise eingehegt werden. Es war ein Glück, dass einer von Onkel Hans' Beteiligungsgeschäftsführern Golf mit einstelligem Handicap spielte und der Einkäufer eines Kraftwerks ein begeisterter Golfer war. Auf den anspruchsvollsten Golfplätzen Südeuropas wurden Aufträge und Preise besprochen. Die Bestechung im Konzernverbund erinnerte Karl an ein Golfclub-Restaurant auf Mallorca, das er gemieden hatte, weil er glaubte, es sei so vornehm, dass die Kellner sich untereinander Trinkgeld gäben.

„Verlockend' Sirenen und zogen
ihn in der buhlenden Wogen
farbig klingenden Schlund".

Zwar hätte Onkel Hans nicht sagen können, ob Eichendorff ein Kriegsheld des neunzehnten Jahrhunderts oder aber der Erfinder des schienengebundenen Straßenverkehrs war, ebenso wie dem Lyriker Eichendorff trotz seiner juristischen Verwaltungstätigkeit die ethischen Untiefen des Müllgeschäfts im ausgehenden zwanzigsten Jahrhundert kein Begriff gewesen sein konnten, aber Onkel Hans' Schicksal glich dem des scheiternden Gesellen in Eichendorffs Gedicht. Der verlockende Gesang der Sirenen in den Ohren des armen Gesellen hatte seine Entsprechung im atonalen Klingeln der Müll-Gebührengroschen gefunden, für die Onkel Hans seine Unternehmerzukunft aufs Spiel setzte.

   Der Wert eines Unternehmens wird von den künftigen Ertragsmöglichkeiten geprägt. Deshalb waren die langfristigen Aufträge bei Kommunalkunden in Gold aufzuwiegen. Denn hier waren sowohl Umsatz als auch Bonität gesichert. Und die Gemeinschaftsunternehmen mit der öffentlichen Hand hatten zum damaligen Zeitpunkt darüber hinaus einen weiteren Vorteil: sie dienten der Verteidigung des eigenen Marktes gegen Wettbewerber, ähnlich den Burgen des Mittelalters, die der militärischen Verteidigung dienten. Das europäische Vergaberecht sollte erst Jahre später wie ein Unkrautvernichtungsmittel auf das *Onkel-Hans-Prinzip* wirken und die unverbrüchlich langfristige Verbundenheit mit den öffentlichen Auftraggebern beenden. Bis dahin galt es, auf der Welle des Erfolgs mit Entscheidungsträgern der Abfall- und Umweltämter zu fraternisieren. Dass auch dabei Erfolg nur unter Einhaltung der regelbasierten Bedingungen dauerhaft möglich ist, man beim Umfang persönlicher Annehmlichkeiten für die Entscheidungsträger in Politik und Verwaltung also eine Grenze zu beachten hat, überstieg zum damaligen Zeitpunkt Onkel Hans' kognitive Fähigkeiten.

Als Onkel Hans im Begriff stand, den Kampf um den Abfall der größten Stadt des bevölkerungsreichsten Bundeslandes für sich zu entscheiden, brauchte er Fürsprecher in der Verwaltung und im Stadtrat. Von der sachlichen und fachlichen Seite war an Onkel Hans' Unternehmen nicht zu rütteln, es brachte für die Aufgabe die allerbesten Referenzen und Voraussetzungen mit.

Um aber eine Ratsmehrheit davon zu überzeugen, dass die bislang von der Stadt selbst erfüllten Aufgaben besser Arm in Arm mit Onkel Hans zu erledigen waren, brauchte es mehr. Man musste sich zuvörderst um die Befindlichkeiten der Entscheidungsträger, insbesondere um ihre persönlichen Wünsche nach besserer finanzieller Ausstattung sorgen. Das kam Onkel Hans entgegen. Er hatte früh begriffen, dass Geld leichter zu schöpfen ist, wenn die Helfer auch profitieren. Ist dabei die Zahl der zu berücksichtigenden Helfer groß, und weiß man auch nicht genau, wer als Helfer benötigt wird, braucht man einen Oberhelfer, der sich in der zu pflegenden Landschaft auskennt. Der stellt dann den Verteiler dar und zeichnet sich durch hervorgehobenes finanzielles Interesse am Gelingen des Projekts aus.

Karl lernte einen solchen Oberhelfer kennen, als er an einem Gespräch, das Onkel Hans mit diesem führte, teilnahm. Es ging um ein unverfängliches Thema im Zusammenhang mit einem städtischen Grundstück. Die Atmosphäre war entspannt, man saß in einem der besten Restaurants, wo der Oberhelfer offensichtlich gut bekannt war. Bei sich bietender Gelegenheit dachte Karl, eine kleine amüsante Geschichte mit Lokalkolorit zum Besten geben zu sollen.

„Ein historisch interessierter Domvikar hat ein Büchlein über den Klüngel herausgegeben. Er stellt fest, dass dieser seit dem frühen Mittelalter hier in der Stadt existiert und allgemein toleriert wird. Nur wenn die Ausmaße im Laufe der Jahrhunderte immer mal wieder zu unerträglich wurden, hatte man einige Ratsherren am Rheinufer aufgehängt. Dann war eine Zeit lang Ruhe, bis sich der Klüngel auf leisen Sohlen wieder etablieren konnte".

Das Amüsement der Zuhörer hielt sich in deutlichen Grenzen. Sie wechselten kommentarlos zu einem anderen Thema. Karl wurde klar, dass er mit beiden Füßen in einen Fettnapf getreten war. Vom Ausmaß der Oberhelfer-Gage erfuhr er Jahre später, als sein eigener Strafverteidiger Einblick in die Ermittlungsakten bekam. Man hatte in der Garage des Oberhelfers mehrere Millionen ausgegraben.

Im Imperium Romanum lebte es sich bekanntlich am angenehmsten, als der Kulminationspunkt der Prosperität so eben überschritten war; man nahm den Abstieg noch nicht wahr und genoss den Gipfel an Macht und Kultur in vollen

Zügen. So war es auch im Imperium von Onkel Hans. Das Überschreiten roter Linien brachte goldglänzende Früchte. Die lichtscheuen Aufwendungen für Helfer und Oberhelfer schienen hochrentable Investitionen zu sein. Man lebte im und schöpfte aus dem Vollen. Karl führte seinen Bereich ohne Helfer oder gar Oberhelfer. Er war der Versuchung, das wirtschaftliche Wachstum mit illegalen Mitteln zu fördern, nur einmal ausgesetzt, als er in Rheinland-Pfalz die Deponie eines mächtigen Wettbewerbers über politische Kontakte akquirieren wollte. Onkel Hans stoppte das Projekt, weil er das regionale Vorrecht des Konkurrenten in diesem Fall respektierte. So konnte Karl in einer Befragung der Führungskräfte durch eine externe Personalberatung auf die merkwürdige Frage nach seinen besonderen Verdiensten um das Unternehmen zur Antwort geben:
„Ich bin der Siegelwahrer korruptionsfreier Public-Private-Partnerships".
Er erntete ungläubiges Schweigen; man hielt ihn für nicht vorstandsgeeignet.

In dieser Zeit, in der die Früchte des Bösen noch still vor sich hin garten, sogar angenehmen Geruch erzeugten, ging Karl seinen Geschäften als Vorstand gewohnheitsmäßig nach. Der unvermeidliche Kontakt mit den DAX-Leuten machte ihm wenig Freude, dafür lieferte der Alltag aber immer wieder kleine Späßchen. Das war ihm zeitlebens wichtig, dass die Routine des Tagesgeschäfts gelegentlich erheiternde Augenblicke lieferte. Und da dank Onkel Hans' unbestrittener Führungsqualitäten ein vorzügliches Arbeitsklima im Betrieb herrschte, waren Leistungsanspruch und Genießen zwei Seiten derselben Medaille. ‚*Saure Wochen frohe Feste, Tages Arbeit abends Gäste...,* der alte Goethe kannte sich aus', dachte Karl zufrieden. Dass das Unternehmen auf Klippen zutrieb, merkte auch er erst, als es zu spät war. Vorher gab es aber noch lustige Episoden.

Ein Unternehmen ist bedeutsam geworden, wenn das Bundeskartellamt sich für dessen Markt interessiert. Karls erster Kontakt mit dieser Behörde war etwas peinlich verlaufen. Er hatte einen Termin in Bonn bei einem Sachbearbeiter und ließ sich von seiner Assistentin chauffieren. Seinen Porsche hatte er als Dienstwagen aufgeben müssen, weil einer der DAX-Leute, der seinen Vorstands-Anstellungsvertrag mit ihm verhandelt hatte, ihm erklärte, mit diesem Fahrzeug könne man sich als Direktor des DAX-Unternehmens nicht bei Kunden sehen lassen, Karl solle sich einen Siebener-BMW mit beliebiger Ausstattung bestellen. Karl hatte stattdessen einen kleinen AMG-Mercedes gewählt, der ihm aktives Fahren ermöglichte. Der Wagen war mit einem Fernseher ausgestattet. Karl hatte auf der Fahrt zum Bundeskartellamt seine Unterlagen noch einmal durchgelesen und seiner Assistentin zur Verkürzung der Wartezeit auf dem Parkplatz die Funktion des Fernsehers erklärt. Der Termin war anstrengend und langwierig. Als Karl nach zwei Stunden zu seinem Auto zurückkehrte, sagte er:

„Tut mir leid, dass es so lange gedauert hat, ich hoffe, Sie haben sich einigermaßen unterhalten. Machen Sie mal Platz, zurück fahre ich selbst".

„Es war nicht so schlimm, ich musste nur den Wagen einige Male drehen, um besseren Empfang auf dem Fernseher zu haben. Am Schluss war das Bild ganz weg, dann habe ich gelesen".

Als Karl den Anlasser betätigte, rührte sich nichts mehr. Die Batterie war dem Fernsehgenuss zum Opfer gefallen. Zu allem Überdruss kam sein Gesprächspartner aus dem Amt über den Parkplatz gelaufen, wohl um seinen vorgezogenen Feierabend einzuläuten, und fragte interessiert, ob es ein Problem gäbe.

„Ja, aber dieses Problem ist gottlob nicht kartellrechtlicher Natur", erwiderte Karl mit gespielter Nonchalance. In Wirklichkeit hätte er seine Assistentin würgen mögen.

Onkel Hans ging die Probleme mit dem Bundeskartellamt anders an. Als man um die Freigabe eines Unternehmenskaufes kämpfte und er sich die langatmigen Ausführungen des hinzugezogenen Fachanwalts mehrfach hatte anhören müssen, der einen perfekten Problemaufriss, aber keine Lösung lieferte, schritt er zur Tat. Die beim Amt zuständige Sachbearbeiterin bekam ein Angebot, nach Erledigung der aktuellen Problemstellung, das hieß für Onkel Hans: nach Genehmigung des Zusammenschlussvorhabens, eine Stelle im Unternehmen anzutreten. Es war wohl eines von diesen Angeboten, die man nicht ausschlagen kann. Da für die Dame eine Beschäftigung gesucht werden musste, setzte Onkel Hans sie in Ermangelung einer besseren Idee auf ein Projekt, das Karl mit einem seiner tüchtigsten Leute aktuell bearbeitete. Es ging um die Privatisierung des Kanalnetzes einer Stadt.

Als die Dame sich bei Karl meldete und um Information zu dem ihr übertragenen Projekt bat, glaubte er, nicht richtig zu hören; Onkel Hans hatte es nicht für nötig gehalten, dies mit ihm abzustimmen. Karl schickte die Dame unerledigter Dinge zurück und bat bei Onkel Hans um Aufklärung. Etwas verlegen erklärte dieser ihm, die Dame sei als Juristin sehr qualifiziert und er habe ihr eine adäquate Beschäftigung zugesagt.

„Dann lassen Sie sie doch eine Aufstellung über den Entsorgungsmarkt mit allen Teilmärkten machen. Das kann dann bei der Rechtsabteilung angesiedelt werden", schlug Karl vor.

So geschah es dann auch, aber Karls Verhältnis zu der Dame blieb gespannt. Er konnte sich in einer kleinen Besprechungsrunde mit engen Mitarbeitern einen boshaften Scherz nicht verkneifen.

„Als diese Dame zur Welt kam, hat der Herrgott gesagt, heute gibt es entweder Busen oder Verstand".

Dieser Joke machte die Runde. Er passte, weil die Dame mit einer auffallenden Oberweite gesegnet war. Sie grüßte Karl nicht mehr. Er schämte sich später auch für seinen Spruch, weil die Dame juristisch durchaus beschlagen war und ihr Anspruch auf Karls Projekt letztlich nur darauf zurückzuführen war, dass Onkel Hans ihr unbeschwert Zusagen gemacht hatte. Aber es sollte eine Zeit bevorstehen, in der unangemessene sexistische Bemerkungen das geringere Problem für das Unternehmen darstellen würden.

Onkel Hans hatte es sich auf der Höhe seines Erfolges zu eigen gemacht, die im Unternehmen von ihm selbst geschaffene Organisationsstruktur nach Belieben zu durchbrechen. Das war die dunkle Seite seines Talents: er wurde gottgleich behandelt und glaubte wohl, nun sei er dies auch. Er traf immer wieder spontane Entscheidungen in Geschäftsbereichen, die anderen zugewiesen waren, ohne diese vorab zu konsultieren oder auch nur zu informieren.

Ein Fall dieser Art hatte Karl lange geärgert. Zu seinem Geschäftsbereich gehörte eine Tochterfirma, die Kiesabbau betrieb. Der DAX-Mitgesellschafter hatte in einer seiner Sparten auch ein Kiesabbauunternehmen. Einer der Direktoren hatte die Vision, die Aktivität unter seinem Dach zu vereinen und drängte Karl, ihm die Kiesabbaufirma zu veräußern. Das kam Karl zwar nicht ungelegen, weil die Kiesgewinnung für das Entsorgungsgeschäft wesensfremd war und sich keinerlei Synergie heben ließ, er gab sich aber zunächst zurückhaltend, um sofort eine Unternehmensbewertung anhand des genehmigten Abbauvolumens erstellen lassen zu können. Zugleich trug er seinem Kies-Geschäftsführer auf, weitere Abgrabungsanträge zu stellen und Mengenprognosen für die Zukunft aufzustellen. Damit verging ein halbes Jahr. Karl hielt den Interessenten mit kleinen Zwischennachrichten hin und registrierte zufrieden, dass dessen Ungeduld wuchs. Als Karl dann einen Fünf-Jahres-Plan mit profitablen Zukunftsaussichten beisammen hatte, signalisierte er Verhandlungsbereitschaft. Als er dann in einer Vorstandsbesprechung darlegte, mit welchem Kaufpreis er in die Verhandlungen gehen wolle, schüttelte Onkel Hans ungläubig den Kopf und sagte:
„So viel werden die nie bezahlen. Das ist doch Utopie".

„Selbst wenn wir etwas nachgeben müssen, bleibt immer noch ein beachtlicher Buchgewinn“, antwortete Karl, „ich werde berichten“.

Er erreichte einen Kaufpreis, der einen Buchgewinn von gut acht Millionen ergab. Die DAX-Leute kamen mit dem Unternehmen aber nicht zurecht, es gelang nicht, das Unternehmen in die bestehende Gruppe zu integrieren. Am Ende wurde der Geschäftsführer samt seinem Buchhalter wegen Unterschlagung verfolgt. Anderthalb Jahre nach dem Deal wurde Karl zu einem der obersten DAX-Vorstände zitiert. Man saß mit fünf Juristen am Tisch, einer davon gehörte zu Karls Aufsichtsräten.

„Ich will gleich zur Sache kommen, wie hoch war ihr Buchgewinn aus der Veräußerung der Kiesfirma?“, fragte der Ober-DAX.

„Acht Millionen“, antwortete Karl wahrheitsgemäß, da er davon ausgehen musste, dass die Zahl vom Controlling längst durchgegeben worden war.

„Dann zahlen Sie jetzt vier Millionen zurück und die Sache ist erledigt“.

Karl blickte ihn leicht verstört an.

„Wenn Sie mich auffordern wollen, einem Konzernunternehmen eine freiwillige Zuwendung zu machen, will ich das Ansinnen gerne mitnehmen und meinem Aufsichtsrat vortragen. Aber Sie werden wissen, dass wir nicht berechtigt sind, Geschenke zu machen. Mir ist auch der Hintergrund Ihres Ansinnens nicht deutlich“, antwortete er.

„Sie haben ein Unternehmen mit gefälschten Bilanzen verkauft“, polterte der Ober-DAX los.

Karl war verblüfft. Angesichts des uneingeschränkt erteilten Testats hielt er diesen Anwurf für sehr gesucht. Er ließ sich nicht beirren und sagte:

„Sie selbst und alle Anwesenden sind Juristen. Da werden Sie verstehen, dass ich eine Substantiierung dieses Vorwurfs einfordern muss. Benennen Sie mir bitte die entsprechenden Posten der Bilanz, dann werde ich das mit dem testierenden Wirtschaftsprüfer abklären und mich unaufgefordert bei Ihnen melden“.

Karl war entrüstet, dass sein Aufsichtsrat wortlos blieb, er hatte an dieser Stelle Unterstützung erwartet. Bei späterem Nachdenken wurde ihm klar, dass die Konzernstruktur jeglichen Widerspruch gegenüber einem im Rang höher Stehenden verbat. Karriere setzt Windschlüpfrigkeit voraus; man muss sich darauf beschränken, die Tritte von oben nach unten weiterzureichen. Seine Bitte um Benennung der inkriminierten Bilanzposten blieb unkommentiert im Raum stehen. Er trank schnell seinen Kaffee aus, weil ihm dämmerte, dass er in Ungnade den Heimweg antreten konnte.

Er hörte von der Angelegenheit erst wieder, als der Leiter der Buchhaltung ihm irgendwann vertraulich mitteilte, Onkel Hans habe ihn angewiesen, die vier Millionen zu überweisen.

Irgendwann nach diesem Ereignis bat Onkel Hans um ein Gespräch und eröffnete Karl, er wolle ihn in die Geschäftsleitung eines Tochterunternehmens versetzen. Das war eine Mitteilung, die Karl zu schaffen machte. Er gab sich Mühe, seine Betroffenheit zu verbergen, fragte auch nicht nach den Gründen, sondern bat nur um eine zweiwöchige Auszeit, nach deren Ablauf er eine Antwort liefern würde. Er fuhr nach Hause, sammelte seine Gedanken und sah sich seinen Vertrag an. So verging ein Tag. Am Nachmittag des folgenden Tages erhielt er einen Anruf von Onkel Hans, der ihn bat, doch wieder zur Arbeit zu kommen; er schimpfte etwas undefiniert über die DAX-Leute und sicherte Karl zu, alles bleibe beim Alten.

Das Leben im Müll ging weiter. Karl wusste nun, die DAX-Leute hatten gemerkt, dass er für ein Arbeitsleben im Konzern nicht geschaffen war. Ihm fehlte die Bereitschaft zur autoritätsunabhängigen Subordination. Er war immer bereit, sich unterzuordnen, wenn er jemanden als Autorität akzeptierte. Bei Onkel Hans war dies der Fall. Da hatte er zwar manches zu kritisieren, er anerkannte aber dessen überlegene Fähigkeit, Geschäftsmöglichkeiten zu wittern und im Betrieb umzusetzen; er war ein echter Vollblutunternehmer. Die DAX-Leute waren dagegen nur vornehme Diener des Kapitals mit Krämerseelen, vergleichbar den Höflingen in den Ministerien. Sie beherrschten Controlling, das Setzen von Budgetzielen, konnten andere mit Nachdruck auf deren Einhaltung verpflichten und Planabweichungen exakt dokumentieren; ihre Effizienz im Marktgeschehen der Entsorgung aber war Null. Karl empfand den aufgesetzten Konzernüberbau als lästig und überflüssig. Er entzog sich den Konzernritualen so gut es ging.

So gab es mindestens einmal im Jahr ein Treffen des Gesamtkonzerns mit wohl hundert Führungskräften, zu denen Karl gehörte. Dies fand in angemessen pompöser Umgebung statt. Man traf sich vor Beginn der Veranstaltung im Foyer, bevor im Sitzungssaal langwierige Vorträge, beginnend mit der Einleitung durch den CEO, gehalten wurden.
Karl war immer rechtzeitig im Foyer, suchte ihm bekannte Gesichter und machte auf sich aufmerksam. Wenn zum Betreten des Saales aufgefordert wurde, verschwand er zur Toilette, wartete, bis das Foyer sich geleert hatte und fuhr wieder zur Firma. Im Saal würde seine Abwesenheit nicht auffallen und im Foyer

hatten ihn genügend Leute bemerkt. Onkel Hans mied diese Veranstaltungen ohnehin.

Bei einer dieser Veranstaltungen hatte Karl seinen DAX-Kombattanten in Sachen Bilanzfälschung im Foyer des Hotels wiedergesehen. Der sprach ihn an:

„Sie sind doch..., Ihre Verwicklung in diese Sache war etwas zwielichtig".

„Sie haben Ihr Geschenk doch bekommen", antwortete Karl kurz angebunden und fügte verärgert hinzu: „Sie sollten darauf achten, nur Sachen zu erwerben, von denen Ihr Haus etwas versteht".

Karl hatte inzwischen einen Begriff davon bekommen, wie Konzerne ticken. Das konnte er in einer anderen Sache weidlich ausnutzen.

Sein Geschäftsbereich umfasste eine mittelgroße Abbruchfirma, die man seinerzeit erworben hatte, um an deren Betriebsgrundstück zu gelangen. Diese Firma hatte einen Auftrag zum Abbruch eines Kraftwerks der DAX-Gesellschaft akquiriert. Die Baustelle lief schlecht, es gab einen tödlichen Unfall und der beim Abbruch anfallende Schrott verschwand zu großen Teilen spurlos. Das Projekt endete mit einem katastrophalen Minus, und Karl sah sich gezwungen, den Geschäftsführer zu feuern.

Ein Buchhalter hatte die Idee, sich das Minus beim Auftraggeber zurück zu holen. Das war eine abenteuerliche Vorstellung, die Karl aber gut gefiel. Der Buchhalter stellte sich vor, den Mutterkonzern mit dessen eigenen Gewinnvorgaben zu konfrontieren und entsprechende Nachzahlung einzufordern. Das war völlig naiv. Karl hatte eine andere Idee. Er beauftragte einen der renommiertesten Baurechtsanwälte, den er von früheren Kontakten kannte, mit einer ersten kursorischen Überprüfung, ob sich eine VOB-Nachforderung konstruieren ließe, und sodann mit der Erstellung eines umfänglichen Gutachtens. Er war darauf aus, auf Grund des Gutachtens mit der Rechtsabteilung der DAX-Leute in ein Vergleichsgespräch zu kommen und verpflichtete den Anwalt, der nebenbei Baurecht an einer Universität lehrte, an einem solchen Termin persönlich teilzunehmen. Karl ging davon aus, dass weder der Leiter der DAX-Rechtsabteilung noch dessen Komparsen trotz der Lektüre des Gutachtens die Materie durchdrungen hatten, insbesondere die Bautagebücher nicht im Detail studiert hatten. Sie waren alle fähige Energiejuristen, im Baurecht aber wenig beschlagen.

Der Baurechtsprofessor verstand seine Sache gut, am Ende einigte man sich auf eine Nachforderung von mehreren Millionen und Karl genoss es, die DAX-Leute übertölpelt zu haben.

An Onkel Hans´ großen Expansionsaktivitäten mit halsbrecherischen Sprüngen hatte Karl keinen Anteil. Er betreute den historischen Kernbereich des Unternehmens. Entsprechend spärlich wurde auch seine Kommunikation mit Onkel Hans. Der sah Karl als Bremser an. Dies wurde deutlich als ein Projekt zur Sprache kam, das mehr Profit als der Drogenhandel versprach.

Ein Landkreis hatte die Bioabfall-Verwertung zu vergeben. Onkel Hans hatte Kontakt zu einem politisch einflussreichen Gestalter in diesem Landkreis gefunden, mit dem er einen gerissenen Plan ausheckte. Der Polit-Kollaborateur sorgte dafür, dass dieser Auftrag mit ungewöhnlich langer Laufzeit an ein kleines ortsansässiges Unternehmen vergeben wurde. Die Vergütung überstieg den Marktpreis um ein Mehrfaches. Onkel Hans hatte sich dieses Unternehmen vorab gesichert und übernahm damit den Vertrag mit dem horrenden Preis. Karl wies in einer Vorstandsrunde darauf hin, dass auch formell ordnungsgemäß zustande gekommene Verträge gefährdet sind, wenn zwischen Leistung und Gegenleistung ein zu grobes Missverhältnis besteht. Dieses Bedenken wischte Onkel Hans mit den Worten beiseite:

„Wenn man ein Unternehmen zum Stillstand bringen will, braucht man nur einen Juristen zu holen...“

Der Deal sollte Onkel Hans nach seinem Absturz am Ende Schadensersatz in zweistelliger Millionenhöhe kosten. Von den mehreren Millionen, die in der Tasche des Polit-Kollaborateurs gelandet waren, wusste Karl zu diesem Zeitpunkt noch nichts; davon erfuhr er erst, als die Presse dessen Verurteilung zu einer langjährigen Haftstrafe meldete. Onkel Hans selbst konnte einer Verurteilung nur dank der Raffinesse seines Verteidigers entgehen.

So wurden Onkel Hans die Eigenschaften zum Verhängnis, die ihn zuvor auf die Gewinnerspur geführt hatten. Er fuhr sein organisatorisch und wirtschaftlich bestens aufgestelltes Unternehmen ohne jegliche Not gegen die Wand. Das goldene Kalb hatte ihn geblendet.

Karl betrachtete es ex post fast als schlechten Witz, dass im Unternehmen mit großem Aufwand ein Risk-Management-System eingerichtet worden war, um drohende Gefahren für das Unternehmen präventiv zu identifizieren. Die Leiter der Unternehmenseinheiten hatten monatlich zu rapportieren und sogen sich sogar erfundene Risiken aus den Fingern, um ihrer Berichtspflicht zu genügen, der CEO selbst aber leitete klammheimlich Prozesse ein, die zum Untergang führten.

Er war von einem Virus befallen, das sich häufig parasitär beim Erfolg einnistet, der Beratungsresistenz.

Es kam zu staatsanwaltlichen Ermittlungsverfahren gegen Onkel Hans, den übrigen Vorstand und einige Geschäftsführer von Tochterunternehmen. Die DAX-Leute sahen ihre Chance, ihr Aktienkapital durch ein *hostile takeover* auf hundert Prozent zu erhöhen. Onkel Hans wurde aus seinem Unternehmen gedrängt und alle Vorstände wurden gefeuert. Der Müll hatte sie alle verschlungen.

Kapitel 2 – Einmal Müll, immer Müll

Aktenzeichen Js

„Sind 23 Millionen für eine Kriegskasse nicht etwas sehr hoch?", fragte der Vorsitzende der Großen Wirtschaftsstrafkammer und blickte Karl mit bohrendem Blick an.

Seit einem halben Jahr wurde gegen Mitarbeiter von Onkel Hans verhandelt, denen die Staatsanwaltschaft Beihilfe zur Untreue vorwarf. Sie waren Geschäftsführer von Tochterunternehmen und hatten auf Weisung von Onkel Hans über Scheinrechnungen Geld in die Schweiz transferiert. Das war diese Summe, die nach Darstellung der Verteidigung zum Aufbau einer sogenannten Kriegskasse dienten, mittels derer Onkel Hans sich den erleichterten Zutritt zum Markt der Hausmüllverbrennungsanlagen in der Schweiz erkämpfen wollte. Die Anklage vermutete dagegen, aus ihr würden Gefälligkeiten von Amtsträgern in Deutschland finanziert. Letzteres konnte bislang nicht nachgewiesen werden, sodass es beim Vorwurf der Untreue blieb. Onkel Hans als Haupttäter konnte sich der Justiz durch fortwährende Krankheit entziehen.

Karl war als Zeuge geladen. Er sollte dazu aussagen, ob den DAX-Leuten, die sich als Geschädigte betrachteten, diese Transaktion bekannt war, weil sie dies nachhaltig leugneten. Karl hielt das für eine Schutzbehauptung und sagte dies auch. Er nutzte die Gelegenheit seiner zeugenschaftlichen Vernehmung dazu, seine Geringschätzung für die DAX-Leute kund zu tun, die in der Entsorgungsbranche wie Irrlichter umhergeisterten.

Im Zuge einer Konzernstrategie der Diversifizierung waren sie in der Müllbranche gelandet. Sie hatten über so viel Liquidität verfügt, dass das Finanzergebnis das Ergebnis aus operativer Tätigkeit zu übersteigen drohte. Anstatt die Mittel auszuschütten und den Anteilseignern die Wahl der Wiederanlage zu überlassen, neigen Konzernlenker dazu, diese Wahl selbst zu treffen, um die Bedeutung ihres Konzerns und damit ihrer eigenen Position zu steigern. Wenn solche Engagements dann scheitern, wechselt der nachfolgende CEO die Strategie und kehrt zum Kerngeschäft zurück. Die Zukunft sollte zeigen, dass es bei diesen DAX-Leuten auch so ablaufen würde.

Karl hatte aus dem Umfeld von Onkel Hans die Warnung erhalten, mit den DAX-Leuten vorsichtig umzugehen, sie seien mächtig. Dies konnte Karl nicht beeindrucken. Nachdem er über Jahre mit Unmut angesehen hatte, wie nachgiebig, respektvoll und fast devot Onkel Hans sich gegenüber diesen Großmeistern nobler Ignoranz verhalten hatte, drängte es ihn, seine Sicht der Dinge zu offenbaren. Ihm war bekannt, dass die DAX-Leute nach Übernahme aller Aktien in wiederholten Sonderprüfungen versucht hatten, Regresstatbestände auch gegen ihn zu finden. Es gab also keinen Anlass zu schonendem Umgang.

Karl freute sich insgeheim schon auf die Presseberichterstattung zu diesem Verhandlungstag.

Der Strafkammer war anzumerken, dass sie verärgert war; den Haupttäter konnte man nicht zur Rechenschaft ziehen und seine Vasallen verweigerten auf Anraten ihrer Anwälte die rückhaltlose Aufklärung. Den Ärger der Strafkammer bekamen die treuen Vasallen später im Urteil zu spüren, sie mussten ins Gefängnis. Allerdings war ihr Schweigen Gold wert; auf diskreten Pfaden sorgte Onkel Hans dafür, dass sie während ihrer Haft mehr verdienten als der Gefängnisdirektor in fünf Jahren.

Ihre Anwälte gaben sich viel Mühe, aufzuzeigen, dass man hier Leute aus der zweiten Reihe belangte, während die ehemaligen Vorstände unbehelligt herumspazieren konnten. Einer der Verteidiger hatte bei seinen Recherchen entdeckt, dass Karl erst kürzlich einen Aufsatz über Schwarzgeld in der Schweiz veröffentlicht hatte.

Seitdem fest stand, dass Onkel Hans' Unternehmen von den DAX-Leuten geschluckt und Karls Anstellungsvertrag als Vorstand vorzeitig enden würde, hatte er das Arbeiten faktisch eingestellt. Um sich nicht zu langweilen, schrieb er einen Beitrag für eine Fachzeitschrift. Nun fragte ihn einer der Verteidiger:

„Kennen Sie die *Zeitschrift für internationales Steuerrecht?*"

Er glaubte erkennbar, Karl hiermit in Bedrängnis zu bringen. Aber Karl ahnte, worauf er hinauswollte und antwortete:

„Ja selbstverständlich, da habe ich kürzlich einen Beitrag veröffentlicht. Haben Sie den gelesen? Das Thema war etwas kompliziert und mein Lösungsansatz ist nicht unumstritten. Haben Sie eine eigene Meinung dazu?"

Die hatte er natürlich nicht und das Gericht hatte auch keine Neigung, sich zeitraubende Ausführungen in sachfremder Materie anzuhören. Es überging diesen Punkt. Karl lächelte insgeheim.

Jetzt blieb die Frage des Vorsitzenden nach der Angemessenheit der Kriegskasse in der Schweiz. Das konnte verfänglich werden, weil Karl als Mitglied des Vorstandes Mitverantwortung für das Gesamtunternehmen getragen hatte und ungewöhnliche Transaktionen hätte hinterfragen müssen.

„Das kommt auf den Krieg an", antwortete er deshalb neutral. Diese unter Juristen beliebte nichtssagende Antwort erzürnte den Vorsitzenden verständlicherweise, aber ihm war wohl klar, dass er von Karl hierzu nichts mehr hören würde. Karl konnte den Zeugenstand verlassen.

Onkel Hans hatte den Crash seines Unternehmens mit derselben Effizienz bewerkstelligt, mit der er es zuvor in vier Jahrzehnten aufgebaut hatte. Karl selbst musste sich mit vier gegen ihn persönlich gerichteten Ermittlungsverfahren auseinandersetzen.

Schon vor seiner Abberufung als Vorstand hatte er sich Gedanken gemacht, wie sich sein weiterer Berufsweg gestalten solle. Materielle Sorgen drückten ihn nicht, die zu erwartende Abfindung würde ihn zum ersten Mal in seinem Leben zum Millionär machen. Ein anderes Entsorgungsunternehmen hatte sich ihm auch bereits genähert. Er hatte aber keine Lust mehr, als gut bezahlter Hofmarschall in fremden Diensten seine Tage zu verbringen. Und da nicht absehbar war, wie lange die Ermittlungsverfahren gegen ihn noch laufen würden, wäre es ohnehin riskant, sich in dieser Branche an leitender Stelle engagieren zu lassen. So lag es für ihn nahe, sich auf den erlernten Beruf als Rechtsanwalt zu besinnen.

Einige Kanzleien, die er aus seiner Vorstandszeit kannte, hatten ihm einen Schreibtisch angeboten, Karl entschied sich aber für eine Neugründung. Er hatte mit Hilfe seiner frisch angetrauten Frau schöne Kanzleiräume gegenüber einem Stadtpark gefunden, in dem er seine Hunde während der Mittagspause laufen lassen konnte. Das war nach seinem Geschmack, den Gang der Dinge selbst bestimmen zu können. Als er Personal suchte, war beispielsweise die Toleranz gegenüber Hunden ein ausschlaggebendes Kriterium. Das sollte ihm nicht noch einmal passieren, dass er seinen Hund verstecken musste, wie es ihm in seiner ersten Anwaltszeit in Köln bei einer hunde-aversen Chefin widerfahren war.

Damals hatte er Ernie, den Rottweilerwelpen, zeitweise im Auto lassen müssen, weil seine Chefin behauptete, eine Hundeallergie zu haben. Erst wenn sie nachmittags das Büro verlassen hatte, konnte er den kleinen Hund nach oben holen. Er hatte Glück im Unglück, die beiden Mitarbeiterinnen im Anwalts-Office liebten das Tierchen. Als eines Tages ein unübersehbarer Fleck auf dem dezent braunen Teppich zurückgeblieben war, beantworteten sie die argwöhnische Frage der Chefin nach der Ursache des Flecks mit verschüttetem Kaffee. Karl hatte sich mit einem großen Kuchen bedankt. Da er einige Zeit nach diesem Vorfall seinen Abschied genommen hatte, um in Onkel Hans' Dienste zu treten, war Ernie das Los eines heimlichen Bürohundes erspart geblieben.

Von den vier Ermittlungsverfahren, denen Karl sich ausgesetzt sah, beunruhigte ihn nur eines, nämlich das Verfahren wegen Abrechnungsbetruges zu Lasten des Dualen Systems. Hier fürchtete er zwar keine Verurteilung, weil die Vorgänge in die Verantwortung eines Vorstandskollegen fielen; die Staatsanwaltschaft hatte aber breit gestreut und Anklage gegen elf Leute, darunter Karl, erhoben. Das drohte in der Hauptverhandlung die Ausmaße eines Tribunals anzunehmen und er befürchtete, dass das Verfahren zwei Jahre dauern könnte. Nicht schön für einen gerade zugelassenen Anwalt, auf diese Art bekannt zu werden, dachte er. Die Anklage wurde aber vom Gericht nicht zugelassen, weil die Staatsanwaltschaft bei ihren Ermittlungen einen groben Anfängerfehler begangen hatte.

Eines der übrigen Verfahren führte zu einer Hausdurchsuchung bei Karl. Der Ablauf dieser Durchsuchung wäre einen Beitrag in der Postille *Lachende Justiz* wert gewesen. Karl war gerade wieder verheiratet und das Haus befand sich noch im Einrichtungsstadium, da klingelten die Herren des Morgengrauens, drei Beamte des Landeskriminalamts, morgens gegen acht Uhr an der Tür. Karl ließ sich den Durchsuchungsbeschluss zeigen und las mit Verwunderung, dass man ihn verdächtigte, psychische Beihilfe zu einer Untreuehandlung geleistet zu haben, die dem Geschäftsführer einer Müllverbrennungsanlage angelastet wurde. Karl kannte den angeblichen Haupttäter gut; er hatte früher eine hervorgehobene Stellung in der Bezirksregierung bekleidet und war in den Grundsätzen des hergebrachten Berufsbeamtentums so verwurzelt, dass die Begehung eines Vermögensdeliktes ihm so fremd gewesen wäre wie dem Teufel der Katechismus. Der Mann war in seiner aufrechten Umständlichkeit absolut integer, für das Müllgeschäft deshalb auch nur bedingt tauglich. Unabhängig davon schien Karl die Annahme grotesk, diesen Mann bei der Begehung eines Deliktes mental unterstützt zu haben; wie sollte das von statten gegangen sein? Ein verschwörerischer Blick oder ein leichter Tritt unter dem Konferenztisch? Er hielt diesen Vorwurf für absoluten Humbug.

„Da bin ich ja beruhigt", sagte er dem Häuptling der Truppe, „ich dachte schon, es sei etwas Ernstes. Wonach suchen Sie denn, ich will gerne kooperieren".

Das brachte den Häuptling in leichte Verlegenheit.

„Ich habe den Durchsuchungsauftrag erst gestern Abend erhalten, ich weiß nicht, worum es bei dem Tatvorwurf geht".

Er war mit Karl in den Wohnraum gegangen, seine Mitarbeiter standen neutral abwartend herum, einer von ihnen bewunderte die aus brasilianischem Granit gefertigte Küche, der andere durchforschte mit Blicken den noch spärlich möblierten Wohnraum.

„Dann zeige ich Ihnen die Räumlichkeiten und Sie entscheiden, wo Sie nach etwas suchen wollen", entschied Karl und fügte wohlwollend lächelnd hinzu:

„Bei nur psychisch begangener Tat sind reale Indizien etwas schwierig aufzufinden. Oder sind Sie auf Zufallsfunde aus?"

Das musste der Häuptling natürlich weit von sich weisen, weil die Strafprozessordnung dies verbot.

Inzwischen hatte Karls Frau sich angezogen und war heruntergekommen. Sie ließ sich ihren ersten Schrecken nicht anmerken. In erster Ehe war sie mit einem Kripobeamten verheiratet gewesen, das half ihr wohl, die Situation schnell einzuschätzen. Der jüngste Beamte stand noch an der Küchentheke und sie fragte ihn, ob er eine Zigarette habe.

„Seit einem halben Jahr rauche ich nicht mehr, jetzt brauche ich aber eine Zigarette; ich biete im Tausch eine Tasse Kaffee".

Während die beiden Kollegen anfingen, lustlos das Wohnzimmer, den Wintergarten, die Zimmer im Obergeschoß und die Garage zu durchstöbern, plauderte Karls Frau bei Kaffee und Zigaretten mit dem jungen Beamten. Einer hatte schließlich in der Garage einen Kontoauszug und einen alten Terminkalender als Beute ausgemacht. Was ihn aber vordringlich interessierte, war die Frage, welcher von den beiden Porsche, die er dort gesehen hatte, der Schnellere war.

Karl hatte aufgrund einer Klausel in seinem früheren Anstellungsvertrag einen Anspruch auf Auslagenersatz für Strafverteidigungskosten. In dem auch gegen ihn gerichteten Verfahren wegen Abrechnungsbetruges hatte er eine versierte Verteidigerin in Wirtschaftsstrafsachen mandatiert, die später ein gut sechsstelliges Honorar abrechnete. Hier, in diesem lächerlichen Verfahren wegen psychischer Beihilfe sah er die Gelegenheit, einem früheren Mitarbeiter, mit dem er sich auch persönlich angefreundet hatte, einen Gefallen zu tun. Der Mann war von Karl vor vielen Jahren für die Rechtsabteilung eingestellt worden, hatte sodann bei den DAX-Leuten eine beachtliche Karriere gemacht, die ihn in den *Board of executiv-Directors* einer internationalen Tochtergesellschaft geführt hatte, und war nach einem Jahr gefeuert worden. Er arbeitete jetzt als Anwalt und Kirchenvorstand.

Ihn mandatierte Karl in dieser Sache, wohl wissend, dass sein Freund im Strafrecht nur Studiumswissen verfügbar hatte. Was für Karl aber Anreiz zu dieser Mandatierung darstellte, war vor allem der Umstand, dass sein juristischer Freund in jener Zeit, als er mit Karls Aufsichtsratsvorsitzendem auf einer hierarchischen Ebene im Konzern stand, zu diesem eine intime Feindschaft aufgebaut hatte, und dieser nun die üppige Honorarforderung des in Strafsachen jungfräulichen Verteidigers abzuzeichnen hatte. Später erfuhr Karl mit Vergnügen, dass ihm dabei Schaum vor dem Mund gestanden haben sollte.

Phönix aus dem Müll

Karl hatte sein Büro eröffnet, einen jungen promovierten Kollegen als Sozius aufgenommen und eine Anwältin angestellt. Er fühlte sich wohl. Das letzte noch nicht eingestellte Ermittlungsverfahren machte ihm keine Sorge mehr, eine ihn eventuell belastende Unterschrift war in verjährtem Zeitraum erfolgt.

Sein anfängliches Betätigungsfeld wurden Müllgeschichten. Eine Reihe von Unternehmern, die ihn in seiner früheren Funktion kennen gelernt hatten, suchte seinen Rat. Karls Gefühle waren ambivalent. Einerseits freute er sich über den regen Zulauf, andererseits dachte er bei sich: ‚Schon wieder Müll'.

Aber es war nicht dasselbe. Früher war er Teil des Geschehens, hatte an den Müllgeschichten mitgewirkt, während er jetzt aus der Distanz des Anwalts an den Rechtsfolgen der Müllgeschichten anderer Leute arbeitete. Er konnte es sich auch leisten, Mandanten ungnädig zu behandeln.

Als einmal ein Unternehmer in seiner Kanzlei saß und Karls großer Hund entspannt in einer Ecke lag, sagte der Mann unvermittelt:

„Ich bin ja Jäger. Ich könnte ohne weiteres so einem Hund in den Kopf schießen".

Karl glaubte erst, nicht richtig gehört zu haben, dann antwortete er trocken:

„Ja, könnte ich auch, aber nicht dem Hund, sondern dem Jäger".

Karl hatte eine Aversion gegen Leute, die mit Tieren als Gegenständen der Schöpfung achtlos umgingen. Wenn er gar von Tierquälereien hörte oder las, überkam ihn der zornige Wunsch, die Täter ergreifen und sie entsprechend der archaischen, vom *Codex Hammurabi* überlieferten Bestrafungsform der spiegelbildlichen Strafe zuführen zu können. Er war sich natürlich darüber im Klaren, dass dies eine von Unvernunft getragene spontane Emotion fern der Realität darstellte, aber ein vernünftiger und von Achtung getragener Umgang mit Tieren war ihm heilig. Er hielt auch wenig von Tierliebhabern, die ihr Haustier vermenschlichten, ohne dabei den natürlichen Anlagen des Tieres Raum zu lassen. Bei richtig verstandener Tierliebe hatte das Wohl des Tieres im Vordergrund zu stehen, die Adaption an das menschliche Lebensumfeld sollte sich auf ein sozialverträgliches Miteinander beschränken. Man hatte sowohl das Haustier als auch die wild lebenden Tiere als Teil der Natur zu verstehen, auch wenn idiosynkratisch bedingt den Haustieren mehr Zuwendung zu Teil wurde. Karls Verständnis von der Mensch-Tier-Koexistenz schloss die Jagd nicht aus; er respektierte jeden Jäger, der sich als Hüter der Natur verstand, auch Überpopulationen durch Abschuss verhinderte und sein Revier pflegte. Nur wenn sich die Jagd als Sport oder Lust am Töten entpuppte, war sie ihm zutiefst zuwider. Solch einen Sonntagsjäger hatte Karl in dem Mandanten gewittert, der ihm gegenüber saß und emotionsfrei geäußert hatte, seinen Hund ohne Anlass töten zu können.

Zu Karls besonderen Mandaten gehörte eine Strafverteidigung, die ihm ein ehemals befreundeter Müll-Unternehmer angetragen hatte, der verdächtigt wurde, ein Stadtoberhaupt durch Hingabe einer Eintrittskarte für ein Konzert bestochen zu haben. Dieses Mandat war für Karl deshalb interessant, weil der Sachverhalt Überschneidungen mit dem großen Skandal, dem Onkel Hans' Unternehmen und sein eigener Vorstandsposten zum Opfer gefallen waren, aufwies.

Als Karl keine Akteneinsicht bekam, suchte er den ermittelnden Staatsanwalt auf. Der war ein noch junger und sympathischer Mann. Er erklärte, er könne Karl keine Akteneinsicht gewähren, weil dessen Name in den Ermittlungsakten auftauche und er in einem Teil des Gesamtkomplexes noch als Beschuldigter erscheine. Das war zwar ein nachvollziehbarer Aspekt, aber Karl hätte ohne die Möglichkeit der Akteneinsicht das Mandat niederlegen müssen. Das wollte er auf keinen Fall, also musste er dem Staatsanwalt mit etwas drohen, was für diesen zusätzliche Arbeit bedeuten würde.

„Dann werden wir beide wohl viel Zeit mit meiner Beschwerde, die ich notfalls bis zum Verfassungsgericht zu führen habe, verbringen müssen", sagte Karl etwas säuerlich.

„Ich verstehe Sie ja", räumte der Staatsanwalt ein, „aber dieses Verfahren wird vom General beobachtet, da kann ich mir keine Nachlässigkeiten leisten".

Auch das war nachvollziehbar, weil die Ermittlungen gegen das Stadtoberhaupt ungewöhnlich ruppig geführt worden waren und große Aufmerksamkeit in der Presse gefunden hatten.

„Es gibt aber vielleicht einen Weg, uns die Arbeit zu erleichtern", fuhr der Staatsanwalt fort, „ich werde das Verfahren gegen ihren Mandanten mit dem Verfahren gegen den Oberstadtdirektor verbinden. Der dortige Verteidiger hat gestern Akteneinsicht bekommen. Holen Sie sich bei ihm Kopien der Ermittlungsakte, dann haben Sie, was Sie brauchen".

Das war ein praktikabler Vorschlag, den Karl gerne befolgte und für den er sich bedankte. Sie plauderten noch ein wenig über die Justiz im Allgemeinen, dann verabschiedete Karl sich. Der Staatsanwalt sagte zu Karl im Hinausgehen:

„Ich hatte auch die Ermittlung gegen Sie wegen der psychischen Beihilfe geführt. Das Verfahren ist ja inzwischen eingestellt. In der Asservatenkammer liegen noch Ihr Kalender und der Kontoauszug, die bei der Durchsuchung beschlagnahmt worden waren. Wollen Sie die gleich mitnehmen?"

Karl lachte:

„Die brauche ich nicht mehr. Waren Ihre Erkenntnisse denn aufschlussreich?"

„Nicht wirklich, ich hätte nur gedacht, dass ein Müll-Manager etwas mehr auf dem Konto hat", erwiderte der Staatsanwalt schlagfertig.

Die allzu guten Beziehungen aus seiner Müll-Vergangenheit bescherten Karl ein Erlebnis, welches ihm kurzzeitig das Gefühl vermittelte, ein Tentakel der Müll-Krake halte ihn am Bein fest. Mit einem Stadtwerkevorstand und einem kommunalen Spitzenbeamten verband ihn eine fast persönliche Freundschaft aus der Zeit seiner Tätigkeit in der Entsorgungsbranche. Sie waren beide auch Juristen und wenn man zu dritt zusammensaß, fanden sich immer interessante Themen auch außerhalb des Müllgeschehens.

Die beiden standen vor dem Ende ihres Berufslebens und der Beamte wollte nach seiner Pensionierung mit einer Anwaltszulassung in Karls Kanzlei pro forma einen Platz haben. Das war für Karl kein Problem. Der Stadtwerkefreund war auf Karl zugekommen und hatte ihm freundlich erklärt, er wolle im Hinblick auf die künftige Anwaltstätigkeit des gemeinsamen Beamtenfreundes in Karls Kanzlei bereits jetzt einen Beratungsvertrag bei monatlicher Fix-Vergütung mit ihm abschließen. Auch das war für Karl kein Problem, im Gegenteil: ein Dauerberatungsvertrag mit einem Stadtwerk war eine schöne Sache, zumal sein Junior-Sozius bereits im Energierecht gearbeitet hatte. Der Vertrag wurde Karl zum Gegenzeichnen übersandt und die Stadtwerke überwiesen monatlich.

Ein halbes Jahr später meldete sich der Nachfolger des inzwischen pensionierten Stadtwerkevorstands bei Karl und bat um ein Gespräch. Er lud ihn zum Mittagessen in die *Villa Medici*, einen angesehenen Gourmet-Tempel, ein.

Nachdem der Ober zum Abschluss eines vorzüglichen Menüs den Espresso serviert hatte, kam der Stadtwerkemann auf das Thema ihres Treffens zu sprechen:

„Sie haben mit meinem Vorgänger einen Beratungsvertrag abgeschlossen, bei dem der Beratungsgegenstand sehr allgemein gehalten ist".

Karl antwortete:

„Das hat Ihr Vorgänger explizit so gewollt, weil er unabhängig von konkreten Problemlagen jederzeit auf anwaltliche Unterstützung zurückgreifen wollte. Das sollte gewissermaßen eine Stand-By-Beratung sichern".

„Ja das verstehe ich", erhielt er zur Antwort, „in den Unterlagen meines Vorgängers zu diesem Beratungsvertrag haben wir aber eine Notiz gefunden, aus der hervorgeht, dass das Honorar nicht für Sie, sondern für einen Herrn, der derzeit noch im Beamtenverhältnis steht, gedacht ist. Da fehlt mir die Phantasie, wie das in unseren Vertrag passen soll".

Karl geriet an den Rand eines Schwindelanfalls. Was sollte ein solcher Vermerk in den Akten? Und wenn es einen das Tageslicht scheuenden Zusammenhang mit dem Beamtenfreund gab, wie konnte man das offiziell dokumentieren? Dann dämmerte ihm allmählich der Hintergrund der Geschichte. Neben den Stadtwerken hielt die Stadt die Stadtsparkasse. Letztere hatte vor etlichen Jahren nur dank der politischen Unterstützung des Beamtenfreundes eine Sparkasse der Nachbarstadt übernehmen können. Und die Gegenleistung für diese Unterstützung sollte offenbar nach dessen Pensionierung in Form einer unauffälligen Anwaltsvergütung fließen, die zur Verwischung jeglichen Zusammenhangs nicht von der städtischen Sparkasse, sondern von den Stadtwerken zu zahlen war. Die Notiz hatte dem ausgeschiedenen Stadtwerkevorstand als Rechtfertigung für die Aufwendungen gedient. Und Karl war in diesem Spiel die Rolle eines gutgläubigen Geldboten zugedacht.

Er rang um Haltung und antwortete schließlich:

„Die Notiz und auch den darin angesprochenen Zusammenhang kenne ich nicht. Ich glaube, dass ich ihn auch gar nicht kennen will. Mir wird jetzt allerdings klar, weshalb bislang keine Beratungsleistung abgerufen wurde. Ich würde vorschlagen, dass wir den Vertrag schlicht annullieren, wobei ich es Ihnen überlasse, ob Sie geleistete Vergütungen zurückfordern".

Karls Gegenüber lächelte entspannt.

„Ich weiß, dass Sie bei unseren politischen Entscheidungsträgern noch gute Freunde aus vergangenen Tagen haben. Deshalb habe ich Sie auf dieses Problem auch persönlich angesprochen. Meinem Vorgänger mache ich auch keinen Vorwurf, der hatte eine Ehrenschuld der Stadt einzulösen. Aber nach den Ereignissen in Ihrem früheren Unternehmen, die ja auch zu Durchsuchungen in unserer städtischen Abfallgesellschaft geführt hatten, bleiben wir besser auf dem Pfad der reinen Tugend. Ich bin Ihnen dankbar für Ihren Vorschlag. Wir werden nichts zurück fordern, die betreffende Summe ist zu geringfügig und eine Rücküberweisung könnte noch Fragen aufwerfen".

Karl bedankte sich für das Gespräch und fuhr mit dem Gefühl nach Hause, ein Idiot zu sein. In den Zeiten der Durchsuchungen in Onkel Hans´ Unternehmen hatte er selbst die Listen mit obskuren Beraterverträgen gesehen und sich über namhafte Anwaltskanzleien auf diesen Listen mokiert, von denen er nie eine Beratungsleistung gesehen hatte. Und jetzt hatte er sich selbst in eine solche Geschichte hineinziehen lassen. Er hätte sich ohrfeigen mögen.

In der nachfolgenden Zeit sprach er mit seinem Beamtenfreund einige deutliche Worte, strich ihm den Büroraum und sagte abschließend:

„Die bereits bei mir eingegangene Vergütung behalte ich in deinem eigenen Interesse. Dann kann man dich allenfalls wegen des Versuchs der Vorteilsnahme verfolgen".

Die Kanzlei lief gut. Im dritten Jahr toppte der Gewinn das Gehalt, das Karl als Vorstand bezogen hatte. Besonderen Spaß hatte Karl an Streitigkeiten, deren Ursache in Verträgen lag, die zu Onkel Hans' Zeiten mit anderen Firmen abgeschlossen worden und unter dessen Rechtsnachfolgern notleidend geworden waren. Die DAX-Leute füllten Onkel Hans' Stiefel nicht annähernd aus. Einige frühere Vertragspartner von Onkel Hans sahen sich von den DAX-Leuten nicht vertragskonform behandelt und suchten anwaltliche Hilfe bei Karl. Dieser hatte wiederholt leichtes Spiel, weil ihm die Sachverhalte noch bekannt waren, während seine gegnerischen Kollegen zuweilen nicht einmal ihren anwaltlichen Vortrag mit der erforderlichen juristischen Präzision zusammenstellen konnten, weil die DAX-Leute die Unterlagen zu den Vorgängen nicht mehr fanden.

In einem dieser Verfahren wurden die DAX-Leute von einem Anwalt vertreten, den Karl seit vielen Jahren gut kannte. Er hatte ihn in seiner Zeit bei Onkel Hans selbst mandatiert, und der Anwalt hatte die Vertretung des Unternehmens in zivilen Streitverfahren auch nach Karls Ausscheiden behalten können. Jetzt standen sie sich gegenüber. Vor dem Betreten des Sitzungssaals hatten sie sich freundschaftlich begrüßt.

„Guten Morgen, mein lieber Manfred", begrüßte Karl ihn, „das Studium deiner Schriftsätze hat mich erbaut. Wenn du dich heute nicht vergleichst, wirst du den Prozess wohl verlieren".

„Abwarten, mein Freund, deine Räubergeschichten kann das Gericht doch gar nicht glauben", erwiderte Freund Manfred und klopfte ihm auf die Schulter.

Karl hatte tatsächlich die eingeklagte Forderung ziemlich maßlos in die Höhe getrieben, um bei einem Vergleich Spielraum zu haben. Seinem erfahrenen Anwaltsfreund war dies nicht verborgen geblieben. Karl hatte aber aus dessen Klagerwiderung entnehmen können, dass ihm offenbar Unterlagen fehlten, um Karls Argumenten substantiiert entgegentreten zu können. Daraus wollte er Kapital schlagen. Dies gelang. Das Gericht schlug einen Vergleich vor, bei welchem die vorgeschlagene Summe die Erwartung von Karls Mandantschaft um gut hunderttausend Euro überstieg. Da das Gericht gleichzeitig deutlich machte, dass Manfred bei Nichtannahme des Vergleichs wesentlich detaillierter vortragen müsse, ließ der sich zähneknirschend auf den Vergleich ein.

Vor dem Gerichtsgebäude verabschiedeten sie sich.

„Du solltest dich schämen, so mit deinem früheren Dienstgeber umzuspringen“, sagte Manfred gespielt vorwurfsvoll.

Karl lachte.

„Du hättest deiner Mandantschaft im Vornhinein sagen sollen, es sei besser und billiger, gleich zu bezahlen. Und nein, ich schäme mich nicht. Im Gegenteil, ich gewinne den Eindruck, dass es profitabler ist, mit diesen Konzernleuten zu streiten als für sie zu arbeiten. Ich habe noch eine ähnliche Auseinandersetzung mit denen, bei der es um mehrere Millionen geht. Wir streiten derzeit noch außergerichtlich. Die wissen nicht mehr, wer wann welchen Vertrag geschlossen hat, und die alten Vorgänge finden sie anscheinend nicht. Das ist ein juristisches Tontaubenschießen für mich“.

Manfred beugte sich näher zu Karl und sagte in verschwörerischem Ton:

„Das stimmt. Mir haben sie erklärt, nachdem mehrere Sonderprüfer das Unterste zu Oberst gedreht haben, finde man nichts mehr wieder. Die hatten belastende Vorgänge gegen den ausgeschiedenen Vorstand gesucht. Bist du denn ungeschoren davongekommen?“

„Ich habe Informationen erhalten, dass man eine Darlehenszusage an unseren Fußball-Bundesligisten, die ich unterzeichnet hatte, gegen mich verwenden wollte. Das hatte ich damals in Abstimmung mit dem Stadtkämmerer gemacht. Man brauchte für den Bau des Stadions eine vorsorgliche Ausfallfinanzierung...“

„Daran erinnere ich mich, der Klub war auch an mich herangetreten, aber da meine Ratsfraktion dem Projekt ohnehin ablehnend gegenüberstand, konnte ich mich verweigern“, schob Manfred dazwischen.

Karl fuhr fort:

„Wir sollten als Gegenleistung die Stadionreinigung für zwanzig Jahre bekommen. In den letzten Tagen meiner Funktion als Vorstand habe ich alles durchforstet, was mir gefährlich werden könnte, und zu dieser Darlehenszusage einen Vermerk gefertigt, in dem ich empfahl, wegen drohender Illiquidität des Stadionprojekts die Zusage zu widerrufen. Damit war ich aus der Schusslinie. Meinen Ex-Chef haben sie noch kräftig gerupft. Aber ich sage dir voraus, dieser Konzern wird es in der Müll-Branche nicht weit bringen. Die ersticken in ihren Formalien und haben kein Gefühl für den Markt“.

„Solange sie mein Honorar zahlen, streite ich gerne mit dir“, erklärte Manfred lachend zum Abschied.

Obwohl Karl den DAXen im Müll nichts zutraute, überraschte es ihn doch, als er feststellte, dass sein Nachfolger im Unternehmen nicht einmal in der Lage war, eine von ihm seinerzeit bestens vorbereitete Geschäftschance zu nutzen. Damit bescherte er ihm unwissentlich auch noch ein ansehnliches Mandat.

Als er irgendwann an einem lauen Frühlingstag zum Nachmittagskaffee bei seinem Müllfreund Gerd saß, den er auch nach seinem Ausscheiden aus der Müllbranche mit einer gewissen Regelmäßigkeit besuchte, sprach dieser ihn auf Veränderungen in seinem Gesellschafterkreis an:

„Hör´ mal Karl, wir hatten ja früher sehr gut zusammengearbeitet. Du weißt, dass ich dich immer geschätzt habe und meistens deinem Rat gefolgt bin".

Karl horchte auf. Das klang nach einem „aber". Er schob seinen Kaffee zur Seite, lehnte sich vor und sagte:

„Was bedrückt dich? Meistens war es doch so, dass ich auf deinen Rat gehört habe, weil du viel mehr Erfahrung in der Branche hattest".

„Lass´ die Schmeichelei", antwortete Gerd ungnädig, „ich habe jetzt ein Problem, an dem du nicht ganz unschuldig bist".

„Erzähle", forderte Karl ihn auf.

„Der Bernd und ihr hattet doch jeder für sich fünfundvierzig Prozent an meinem Unternehmen..."

„Ja, weiß ich", unterbrach Karl, „und deine letzten zehn Prozent sollten irgendwann an uns gehen. Das hatten wir doch notariell fixiert und den Preis auch festgelegt".

Dieser Deal war Karl noch bestens im Gedächtnis. Er hatte nach langen Jahren vertrauensvoller Zusammenarbeit erreicht, dass Gerd eine Call-Option zugunsten von Onkel Hans´ Unternehmen notariell abschloss. Der Erwerb dieses restlichen Anteils würde die Mehrheit bedeuten und damit die Möglichkeit eröffnen, Leistungsströme in Höhe mehrerer Millionen jährlich in das eigene Unternehmen zu lenken; ferner, sich die erheblichen Liquiditätsreserven des Unternehmens durch Einbeziehung in das Cash-Management des eigenen Unternehmens einzuverleiben. Vor dem Mitgesellschafter Bernd hatten sie diese Vereinbarung wohlweislich geheim gehalten; er würde eines Tages, wenn die Option gezogen würde, der Düpierte sein.

Gerd blickte Karl mit ernstem Blick an und fuhr fort:

„Solange wie du für mich der Ansprechpartner warst, fühlte ich mich mit dieser Regelung abgesichert. Nachdem euer Unternehmen an die Elektriker gegangen ist, stehe ich dumm da".

Elektriker wurden die DAX-Leute in der Müllbranche geringschätzig genannt, weil man ihnen nur die Versorgung mit Strom, nicht aber die Entsorgung von Abfällen zutraute.

„Das verstehe ich nicht", antwortete Karl, „wollen die denn den Anteil ziehen und dich als Geschäftsführer nach Hause schicken? Es steht in der Vereinbarung doch drin, dass du auf Wunsch noch ein Jahr nach Übernahme im Amt bleibst".

„Das Gegenteil ist der Fall. Ich will den Anteil seit einiger Zeit abgeben, um mich zurück zu ziehen, habe das auch mitgeteilt und um einen Termin gebeten. Aber die melden sich überhaupt nicht. Dein Nachfolger ist telefonisch nicht zu erreichen und niemand fühlt sich zuständig. Du hast es damals sicher gut gemeint, aber jetzt sitze ich in der Klemme, weil ich mich gebunden habe und den Anteil nicht einmal dem Bernd anbieten kann".

Dabei blickte Gerd so kummervoll, dass Karl lachen musste.

„Mein lieber in die Jahre gekommener Freund, da hast du ein Luxusproblem. Deine zehn Prozent sind eine Perle. Ich rechne dir mal vor, wie ich den Kaufpreis in weniger als drei Jahren zurückverdient hätte. Dann zeigst du das dem Bernd und der springt mit beiden Beinen sofort ein".

„Ich bin aber notariell gebunden", warf Gerd ein.

„Das stimmt, aber davon kannst du dich lösen. Ich werde dir die notwendigen Schritte vorbereiten".

Gerd blickte skeptisch. Er teilte wohl mit Onkel Hans die Ehrfurcht vor dem großen Geld der DAX-Leute. Aber er vertraute am Ende doch seinem langjährigen Weggefährten.

Karl sorgte dafür, dass die Option aufgelöst wurde und legte die Restbeteiligung dem bis dahin ahnungslosen Mitgesellschafter Bernd zu einem besseren Preis ins Portfolio. Dieser hob dann die von Karl seinerzeit geplanten Synergien, und für die DAX-Leute verblieb nur noch eine wenig interessante Finanzbeteiligung.

Karl musste sich danach von Bernd sagen lassen:

„Es ist ja jetzt alles in Ordnung. Aber wenn ich seinerzeit geahnt hätte, wie du mich bei Gerd ausbooten wolltest, hätte ich..."

„Nicht nachtreten", unterbrach Karl, „du weißt doch, der Gerd hätte dir seine Restanteile nie übertragen. Du musst dankbar sein, dass die Elektriker mit ihrer Konzernstrategie beschäftigt sind und dabei das Geschäft vergessen".

„Das stimmt", räumte Bernd versöhnlich ein, „ich habe kürzlich gehört, dass im Gesamtkonzern einschließlich der Entsorgungs-Sparte Englisch als Amtssprache eingeführt werden soll, weil man sich als Global-Player betrachtet. Die gehen jetzt zum Sprachtrainer statt zum Kunden. Die Branche lacht sich tot".

Die Entsorgungswirtschaft war zum damaligen Zeitpunkt kein konzerntaugliches Spielfeld. Man lebte in unterschiedlichen Welten.

Die obersten DAX-Leute räumten denn auch irgendwann den Müll, den sie in ihrer Bilanz angehäuft hatten, weg, indem sie das Geschäft veräußerten. Es hielt sich das Gerücht, dass der Ausflug in die Entsorgungsbranche sie gut zwei Milliarden gekostet haben sollte, manche behaupteten sogar, es sei noch mehr gewesen.

Kurdischer Müll

Ein befreundeter Steuerberater bat Karl, die Verteidigung eines Mandanten zu übernehmen, der im Verdacht stand, einen Eingehungsbetrug begangen zu haben. Der Mann, er mag hier Achmed genannt werden, war Kurde und hatte seit zehn Jahren in Deutschland am unteren Ende der sozialen Skala gelebt. Als er erfuhr, dass sein Vater in Kurdistan todkrank geworden war, kaufte er ein Auto auf Kredit, um mit Sack und Pack in die Heimat zurückzukehren. Als das Auto in Bagdad gestohlen wurde, stellte er die Ratenzahlungen ein und nach einer Strafanzeige wurde in Deutschland gegen ihn ermittelt.

In Achmeds Heimat, der Unabhängigen Region Kurdistan, war *Barzani* zum Präsidenten gewählt worden, der mit Achmeds Vater gemeinsam gegen Saddam Hussein gekämpft hatte. Diese Waffenbrüderschaft verschaffte Achmed einen Sonderstatus und dank der Unterstützung des Präsidenten konnte er im Regierungsauftrag Ausrüstungsgegenstände für Feuerwehr, Krankenhäuser und Verkehrstechnik importieren, vorzugsweise aus Deutschland.
Diese Tätigkeit brachte es mit sich, dass er wiederholt als Mitglied kurdischer Regierungsdelegationen in Deutschland einreiste. Wegen des gegen ihn anhängigen Ermittlungsverfahrens wurde Achmed regelmäßig am Zoll diskret zur Seite gewunken und darauf hingewiesen, dass die Staatsanwaltschaft ein Gespräch mit ihm wünsche. Ein Haftbefehl bestand nicht, aber Achmed wurde es leid, sich gegenüber seinen Mitreisenden erklären zu müssen. So war er zu Karl gekommen.
Geld spielte für Achmed keine Rolle mehr, seine Importfirma in *Erbil* hatte bereits den zweiten Rolls Royce angeschafft und die Wochenenden verbrachte er in Dubai.
Durch schnellen Ausgleich des Restdarlehens erreichte Karl problemlos die Einstellung des staatsanwaltlichen Verfahrens. Bei der letzten Besprechung in

seinem Büro stellte er beiläufig die Frage, wie die Müllentsorgung in *Erbil* geregelt sei und wies darauf hin, dass Deutschland Technologieführer auf diesem Feld sei.

Der Müll schien Achmed nicht sonderlich zu interessieren. Er antwortete, man schleppe den Dreck in die Wüste und zünde ihn an; der Gestank ziehe zwar manchmal bis in die Stadt, aber Geld sei damit nicht zu verdienen. Als Karl darauf hinwies, dass eine moderne Müllverbrennungsanlage für eine Großstadt wie *Erbil* ein Investitionsvolumen bis zu vierhundert Millionen Euro bedeute, wurde Achmed hellwach und hoch interessiert. Er ließ sich in Umrissen erklären, wie die Hausmüllverbrennung funktioniert und nahm das Thema mit.

„Ich bin zuversichtlich, dass ein zeitnaher Besichtigungstermin bei einer der Verbrennungsanlagen hier im Umfeld organisiert werden kann", sagte Will. Er war mit Karl seinerzeit im Vorstand gewesen und hatte als Verfahrens-Ingenieur den Bereich der Verbrennungsanlagen verantwortet. Er arbeitete mit einem eigenen Planungsbüro auch jetzt noch in diesem Marktsegment.

Nachdem Achmed mitgeteilt hatte, dass der kurdische Präsident auf seine Bitte hin den zuständigen Minister angewiesen habe, die Lieferung einer Anlage zu regeln und er jetzt technische Unterlagen benötige, hatte Karl seinen früheren Kollegen Will kontaktiert. Der Kurde wünschte außerdem, mit einer Delegation eine Referenzanlage besichtigen zu können.

Zusammen mit dem Steuerberater, der den Kontakt zu Achmed vermittelt hatte, gründeten sie eine Gesellschaft für die Lieferung einer Anlage. Will hatte aussagekräftige Unterlagen zu Größe, Durchsatzleistung und Abgasreinigung zusammengestellt sowie den Flächenbedarf ermittelt. Er hatte auch die Kosten für Herstellung und Montage berechnet.

Als mögliche Hersteller kamen ein süddeutsches und ein schweizerisches Unternehmen in Betracht. Will kannte deren aktuelle Preise, da er zuvor ein ähnliches Projekt für einen südamerikanischen Staat bearbeitet hatte. Karl musste einen Liefervertrag nach den internationalen DBO-Standards entwickeln und der Steuerberater sollte sich um Finanzierungsfragen mit Akkreditiven kümmern. Wil hatte vorab eine kurze Projektstudie zu Achmed geschickt, in der empfohlen wurde, den vorhandenen Abfall aus Haushaltungen, Industrie und Gewerbe zu analysieren und eine Baugrunduntersuchung durchzuführen. Das erschien Achmed zu zeitraubend, er war an schnellem Umsatz interessiert. Karls Einwand, anhand der Voruntersuchungen lasse sich eine angepasste Technik mit etwaigen Kostenvorteilen realisieren, wischte er beiseite.

„Wir nehmen das Beste, die Kosten stehen nicht im Vordergrund", hatte er erklärt, „wir erwarten in Kürze Zuweisungen des Irak aus den Öleinnahmen der kurdischen Förderstätten. Das muss ich ausnutzen, weil es um den kurdischen Anteil immer wieder Streit mit dem Irak gibt. Der Minister will eine Delegation zur Besichtigung einer Referenzanlage nach Deutschland schicken und danach schnell entscheiden. Die Lieferung erfolgt an meine Firma mit Sitz in *Erbil*, die dann an die autonome Region weiterverkauft. Einen Rahmenvertrag hat der Präsident mir schon abgezeichnet. Sorgen Sie also dafür, dass die Besichtigung erfolgreich verläuft, dann werden wir schnell einig. Der Richtpreis von vierhundertzwanzig Millionen, den Sie mir mit der Objektbeschreibung durchgegeben hatten, wird von uns akzeptiert. Die Zahlungsmodalitäten regeln wir im Liefervertrag".

Jetzt saß Karl mit dem Steuerberater bei Will im Büro und sie berieten, wie man den Besichtigungstermin zu organisieren habe und welche Maßnahmen in welcher Reihenfolge zu ergreifen waren.

„Wenn die Kurden grünes Licht geben, werden wir einen Liefervertrag abschließen und uns vorbehalten, diesen an einen der Hersteller abzutreten", schlug Karl vor und sagte zu Will gewandt, „wenn deine Rechnung realistisch ist, dass einer der in Frage kommenden Lieferanten die Anlage für zirka dreihundertachtzig Millionen fertigt, liefert, montiert und einen zweijährigen Probebetrieb gewährleistet, dann müssen wir nur zusehen, wie wir unseren Gewinn retten. Mit Abtretung des Vertrages sieht der Hersteller unseren Preis. Du müsstest also vorab eine Provision in Höhe der Differenz verbindlich aushandeln".

Will erwiderte:

„Nach meiner Information hat der Hersteller in der Schweiz eine kleine Auftragsflaute im Anlagenbau. Das eröffnet mir Verhandlungsspielraum. Da mache ich mir keine Sorge. Ich muss jetzt nur zusehen, welche Termine ich für eine Besichtigung in einer der in Frage kommenden Anlagen bekommen kann".

Achmed hatte sich inzwischen in Deutschland einiges an Immobilienvermögen zugelegt, gewerbliche Grundstücke und eine prachtvolle Villa mit Blick auf den Rhein. Der Kontakt zu Karl verlief nur noch über den Steuerberater, der dessen steuerliche Interessen in Deutschland weiterhin wahrnahm. Doch es lief nicht rund. Der erste Besichtigungstermin platzte und man erwartete einen den Kurden genehmen Ausweichtermin. Die Zeit verstrich. Wenn Karl bei dem Steuerberater gelegentlich nach dem Sachstand in Kurdistan fragte, war die Antwort durchgehend positiv, der Präsident habe alles unterschrieben, man warte nur noch auf die Mittelzuweisung aus dem Irak.

Als dann eines Tages in den Nachrichten vom Kampf der kurdischen *Peschmerga* gegen den IS zu hören und zu lesen war, beerdigten sie das Projekt.

An einem Sommerabend saß er mit Will und einem gemeinsamen früheren Kollegen entspannt in der *Scuderia*, einem netten italienischen Restaurant mit gutem Essen. Sie erzählten vom Müll vergangener Tage und Will sprach von ihrem gescheiterten „Kurden-Deal", der ihr Lebensarbeitseinkommen mit einem ordentlichen Sahnehäubchen hätte zieren sollen.

„Das war schön eingefädelt, unser kurdischer Partner hätte unsere Anlage für vierhundertzwanzig Millionen Dollar erworben und wir hätten die Anlage für geschätzte dreihundertachtzig bekommen", resümierte er mit leichter Wehmut in der Stimme.

Karl ergänzte:

„Wir hätten zu Dritt ungefähr vierzig Millionen, na ja, vielleicht auch nur dreißig übrig behalten".

Der dritte Kollege blickte sie fragend an:

„Und wen hättet ihr alles bestechen müssen?"

„Wo denkst du hin? Damit hatten wir nichts zu schaffen. Die Auftragsbeschaffung in Kurdistan war allein Aufgabe unseres kurdischen Abnehmers", klärte Karl auf, und Will ergänzte:

„Der hatte mit seinem Abnehmer, der kurdischen Regierung, einen Preis von vierhundertachtzig Millionen ausgemacht. Da war genug Spielraum für sogenannte nützliche Aufwendungen".

Karl wurde bei der Erinnerung an den Deal philosophisch:

„Die Korruption wird vielfach zu einseitig betrachtet. Marktwirtschaftlich gesehen wird zwar der Wettbewerb verfälscht und das ist natürlich nicht in Ordnung. Man verkennt aber, dass mit dem Mittel der Bestechung auch schon mal Projekte für das Gemeinwohl realisiert werden, die bei korrektem Prozedere auf dem Friedhof der Bürokratie landen würden. Es sollte immer die Mittel-Zweck-Relation in die Betrachtung einbezogen werden. "

Will erwiderte:

„Für unseren Kulturkreis muss ich dir heftig widersprechen. Es kann keinen Zweck geben, der eine Vorteilsnahme rechtfertigt. Wo die Bürokratie vernünftige Projekte ausbremst, muss hier mit dem eisernen Besen angesetzt werden".

Karl gab nicht auf:

„Im Grundsatz ist das richtig. Es gibt aber Sachverhalte, die jedenfalls im Blick der Geschichte die Korruption als das Mittel der Wahl rechtfertigen. Ich nenne euch ein Beispiel. Im Dreißigjährigen Krieg drohte das Amt Brüggen im Herzogtum Jülich unter den spanischen und kaiserlichen Truppen zu leiden, weil die dort ihr Winterquartier aufschlagen wollten. Ein überaus tüchtiger Amtmann namens *von Schaesberg* - man könnte ihn im heutigen Sprachgebrauch einen *Dealmaker* nennen - erreichte die Verschonung des Amtes Brüggen vor Einquartierungen, indem er die Feldherren bestach. Statt ihn zu ächten hat die Gemeinde eine Straße nach ihm benannt“.

Der dritte Kollege lachte laut auf:

„Und jetzt glaubst du, wenn das Geschäft mit den Kurden zustande gekommen wäre, hätten sie in *Erbil* eine Straße nach euch benannt? Ich fürchte eher, dass man eure Namen auf der Insassenliste der *JVA Weilerswist* gefunden hätte“, und ironisch fügte er noch hinzu: „Hebt euch die Geschichte für eure Enkel auf, die passt zu *Aladins Wunderlampe*. Und da ihr arm geblieben seid, geht die Rechnung heute auf mich“.

Karl und Will schauten ihn konsterniert an. Er hatte Recht, mit Müll auf ehrliche Art Geld zu verdienen, bleibt anstrengend.

Holländischer Müll

„Ik hoor het al, hij praat onze taal – ich höre schon, er spricht unsere Sprache“, sagte der Geschäftsführer beim Betreten des Sitzungsraums. Karl saß vor dem Personalausschuss eines in den Niederlanden ansässigen Unternehmens, das eine Position in seinem Aufsichtsrat, dem *Raad van Commissarissen*, zu besetzen hatte.

Er war vor einigen Wochen von einem international tätigen Personalunternehmen angesprochen worden, welches mit der Kandidatensuche für den Posten beauftragt war. Es handelte sich um ein Kommunalunternehmen, das eine Müllverbrennungsanlage, eine Deponie und ein Kompostwerk betrieb. Man beabsichtigte, Abfallmengen aus Deutschland zu akquirieren und hielt es für sinnvoll, eine im Aufsichtsrat frei gewordene Stelle mit einem Deutschen aus der Müllbranche zu besetzen. Dabei war es selbstredend Voraussetzung, dass dieser die niederländische Sprache beherrschte.

Man findet in Deutschland häufig die etwas herabwürdigende Vorstellung, das Niederländische sei eine Form von Dialekt und dem niederrheinischen oder dem kölschen Dialekt entlehnt. Karl hatte dies vor Jahren einmal in peinlicher Form erfahren, als bei Onkel Hans eine Besprechung mit Behälterlieferanten, die aus den Niederlanden kamen, stattfand. Onkel Hans glaubte, sich verständigen zu können, indem er seinen niederrheinischen Heimatdialekt in besonders akzentuiert breiter Form bemühte. Das konnte kein Mensch verstehen; es klang wie die ersten Sprechversuche eines Primaten. Als Karl in die verwunderten, um Verständnis ringenden Gesichter der Besucher blickte, musste er einen Lachkrampf unterdrücken. Er fasste sich und bat Onkel Hans, seine Worte auf Deutsch zu wiederholen. Dann übersetzte er. Onkel Hans hielt die Niederländer fortan für hochnäsig und bestellte deutsche Müllbehälter.

Der Personalausschuss, dem Karl als Kandidat gegenüber saß, bestand aus drei Aufsichtsräten, die sämtlich pensionierte Beamte aus der Kommunalverwaltung waren und in ihrem Berufsleben noch nie mit Müll befasst waren. Es ging ihnen auch nicht darum, Karls Sachkunde in Erfahrung zu bringen, sie wollten vor allem prüfen, ob der Kandidat der niederländischen Sprache mächtig war.

Sie waren schnell begeistert. Karls Mutter war Holländerin gewesen und er war bilingual aufgewachsen, sodass er im lockeren Plauderton ihre Fragen zu seinen persönlichen Verhältnissen beantworten konnte. Als er dann noch erzählte, dass er wegen seines großen Hundes die Sommerurlaube mit dem Campingwagen in *Zeeland* zu verbringen pflegte, waren sie nahe daran, ihn zu umarmen.

Die Holländer und ihre Campinganhänger! Wie oft hatte Karl sich über sie aufgeregt, wenn er mit hoher Geschwindigkeit die A 61 befuhr und zu scharfem Bremsen gezwungen war, weil einer von ihnen sich bemühte, einen geringfügig langsameren LKW zu überholen. Das behielt er jetzt wohlweislich für sich. Einer der Herren, erkennbar selbst ein engagierter Camper, wollte von Karl wissen, von welcher Marke sein Wohnwagen war, über welche Ausstattung er verfügte und wie es mit der Autarkie bestellt war. Als Karl artig berichtete, dass sein Anhänger zwei Achsen und 9,60 m Länge hatte, mit Mover, Solar, Dusche und beheizbarem Abwassertank ausgestattet war, bekam der holländische Campingfreund leuchtende Augen. Er wollte gerade das Thema fachlich vertiefen, als der Geschäftsführer ihn unterbrach:

„Bevor wir in den Handel mit Campingfahrzeugen einsteigen, sollten wir uns um unsere Müllgeschäfte kümmern".

Karls Campingfreund verstummte mit verlegenem Lächeln.

Der Geschäftsführer fragte Karl interessiert nach seinen Funktionen in dessen früherer Tätigkeit und wollte speziell wissen, wie man die Auslastung der Müllverbrennungsanlagen bei schwankendem Müllaufkommen zu steuern gedenke. Diese Thematik lag Karl deutlich mehr als die Lagerfeuergeschichten vom Campingleben. Als er zu erzählen begann, fühlte es sich wie eine Exkursion in seine berufliche Vergangenheit an. Er musste sich bemühen, in seiner Begeisterung nicht zu weit in Details abzuschweifen. Die Herren hörten aufmerksam zu. Als Karl die Grundzüge des Stoffstrom-Managements darstellte, das eine kontinuierliche Beschickung der Feuerungsanlagen zu gewährleisten hatte, womit auch eine kontinuierliche Abgabe von Dampf und Strom ermöglicht wurde, unterbrach ihn der Geschäftsführer kurz und sagte zu seinen Aufsichtsräten:

„Ihr erinnert euch, dass ich genau dies in unserer letzten Sitzung eingefordert hatte. Wir müssen die Beschickung unserer Anlage von den disruptiven Sammeltouren der Gemeinden unabhängiger machen. Weil an Sonntagen kein Müll gesammelt wird, haben wir montags zu wenig Futter für unseren Ofen. Wir brauchen zusätzlichen Müll aus Deutschland".

Karl war sich nicht sicher, ob die Herren Aufsichtsräte die wirtschaftliche Tragweite einer kontinuierlichen Auslastung der Feuerungsanlage verstanden hatten. Aber sie waren sich alle einig, dass Karl die richtige Besetzung für den Posten war. Er lernte die niederländische Bürokratie und ihre Repräsentanten kennen. Sein anfänglich gutes Auskommen mit dem Geschäftsführer sollte den starren Denkschemata der Governance-Regeln zum Opfer fallen.

Die Aufsichtsratssitzungen wurden außergewöhnlich intensiv vorbereitet. Das Unternehmen war von seiner Größe her gesehen vergleichbar mit einem der Public-Private-Partnership-Unternehmen aus Onkel Hans' Beteiligungsportfolio, in welchem Karl seinerzeit im Aufsichtsgremium gesessen hatte. Auch dort wurden zwei Wochen vor den Sitzungen Unterlagen zu den Tagesordnungspunkten versandt. Diese Unterlagen konnten schon einmal den Umfang von zehn Seiten erreichen; bei den Niederländern gab es dagegen keine Unterlage, die den Umfang einer kleinen Dissertation unterschritten hätte. Nun ist eine überobligatorisch umfangreiche Information nicht per se von Nachteil, da der Empfänger es in der Hand hat, sich selektiv zu informieren; hier wurde aber in jeder Sitzung die gesamte Unterlage penibel Zeile für Zeile behandelt, man musste somit alles gelesen haben. Es war für Karl irritierend, dass das operative Geschäft in den Sitzungen kaum eine Rolle spielte. Man beschränkte sich auf die formale Einhaltung der Kontrolle über die Geschäftsleitung. Das war zwar korrekt, aber Karl hatte eine aktivere Rolle für sich bei der Akquisition deutscher Abfallmengen erwartet.

Er fragte sich nach einem Jahr, ob die Entscheidung für diesen Posten wohl sinnvoll gewesen war. Er hielt aber durch, weil er insgeheim hoffte, bei Vertragsabschlüssen mit deutschen Unternehmen über sein Aufsichtsratsmandat hinaus anwaltliche Aufträge erhalten zu können. Diese Hoffnung trog. Die Governance-Regeln untersagten jegliche weitere Leistungsbeziehung zwischen dem Unternehmen und einem Aufsichtsrat. Der Geschäftsführer lebte diese Regeln mit Hingabe. Das sollte sich als Fehler erweisen.

Als er nämlich eines Tage über einen beabsichtigten vertraglichen Abschluss mit einem deutschen Abfalllieferanten berichtete, bot Karl sich an, den Vertrag zu überprüfen. Das lehnte der Geschäftsführer ab. Als Karl um nähere Angaben bat, verwies er darauf, dass die Einzelheiten vertraglicher Abreden nur im Rahmen einer offiziellen Aufsichtsratssitzung erörtert werden könnten.

Drei Monate später, in einer Aufsichtsratssitzung, befragte Karl ihn unter dem Tagesordnungspunkt „Verschiedenes":

„Piet, kannst du zum Stand der Abfalllieferungen aus Deutschland etwas sagen?"

Der Geschäftsführer Piet antwortete:

„Ja selbstverständlich. Wir haben nach Unterzeichnung des Vertrages innerhalb von zwei Wochen schon über tausend Tonnen angeliefert bekommen".

„Und welchen Preis zahlt der Anlieferer?", setzte Karl nach.

„Etwa zwanzig Euro pro Tonne mehr als unsere Gemeinden zahlen", verkündete Piet mit Stolz in der Stimme.

„Das macht überschlägig einhundertsechzigtausend Euro. Wieviel hat der Kunde schon bezahlt?", fragte Karl weiter.

Jetzt wurde Piet leicht ärgerlich.

„Zum Ausgleich für den guten Preis haben wir ein großzügiges Zahlungsziel einräumen müssen".

Karl ahnte, dass es jetzt spannend werden könnte. Mit scheinbar versöhnlichem Lächeln stellte er fest:

„Dann haben wir also noch kein Geld erhalten. Das ist nicht dramatisch, denn du hast sicherlich die Bonität des Kunden überprüft oder eine Bankbürgschaft eingefordert. Im deutschen Abfallmarkt gibt es nämlich Hasardeure, die gründen eine kleine GmbH, gehen mit Dumping-Preisen in den Gewerbe-Müll-Markt und schließen mit einer Entsorgungsanlage einen Vertrag zu egal welchem Preis, wenn nur das Zahlungsziel geräumig ist. Dann liefern sie den Müll in kürzester Zeit an, und bis zur Zahlungsfälligkeit sind sie mit ihren Einnahmen verschwunden. Die Entsorgungsanlage kann ihre Forderung in den Wind schreiben“.

Piet wechselte die Farbe. Die übrigen Aufsichtsratsmitglieder waren aufmerksam geworden. Der Vorsitzende fragte ihn:

„Ist unsere Forderung gefährdet?“

„Das glaube ich nicht, unser Außendienstmitarbeiter hatte einen guten Eindruck von dem Unternehmen und wir waren an den zusätzlichen Mengen auch sehr interessiert“, antwortete Piet ausweichend.

„Hast du denn irgendwelche Sicherheiten in den Vertrag eingebaut, wie zum Beispiel eine Forderungsabtretung? Oder war der Anlieferer einer der großen deutschen Player, bei dem die Bonität außer Frage stand? Wie heißt er denn?“, fragte Karl mit zynischem Unterton. Er ahnte, dass es sich um keines der über finanzielle Zweifel erhabenen Unternehmen handelte und Piets Gier nach Müllmengen die kaufmännische Vorsicht verdrängt hatte.

Piet drückte sich vor der Antwort mit dem Hinweis, die Details seien ihm nicht präsent, er müsse seinen Vertrieb dazu fragen.

Karl konnte sich einen aufmunternden Hinweis nicht verkneifen und sagte:

„Dann wollen wir alle unabhängig von unserer Konfession ein Stoßgebet zu *Maria Schufa*, der Schutzpatronin der Gläubiger, senden“.

Der Vorsitzende blickte verärgert zu Karl. Ob er meinte, den Geschäftsführer vor Karls Sarkasmus in Schutz nehmen zu müssen, oder ob er als nordholländischer Kalvinist den religiösen Bezug zum kaufmännischen Glauben für unangebracht hielt, wurde nicht deutlich. Er bat Piet, in der nächsten Sitzung zu berichten.

Es sollte sich herausstellen, dass der Kunde ein Containerdienst war, der nach Abschluss der Lieferung Insolvenz angemeldet hatte. Karl verzichtete darauf, im Aufsichtsrat darauf hinzuweisen, dass er dem Geschäftsführer angeboten hatte, den Vertragsschluss zu begleiten. Dieser würde sich auf die strikte Einhaltung der Governance-Regeln berufen und damit sogar auf Verständnis stoßen. Der finanzielle Verlust war ohnehin für die kommunalen Vertreter nicht mehr als eine bedauerliche Anekdote. Bedeutsam war für sie nur, dass die Fragen zu diesem

Komplex sich im Sitzungsprotokoll wiederfanden. Karl dachte bei sich, dass der niederländische Geschäftssinn seit den Erfolgen der *Dutch West India Company* spürbar nachgelassen haben musste.

Piet hatte Karl dessen Nachfragen verübelt. Er rächte sich auf subtile Art und Weise.

Jährlich wurde eine zweitägige Klausur in einem ansprechenden Landhotel mit Sitzungsräumen im Großraum *Overijssel* veranstaltet. Neben den Mitgliedern des Aufsichtsrates und der Geschäftsleitung nahmen auch die Abteilungsleiter des Unternehmens, das sogenannte Management-Team, teil. Bei der Auswahl der Hotelzimmer wurden den Aufsichtsräten die Zimmer der Kategorie I zugewiesen, während die Abteilungsleiter die Kategorie II bekamen.

Die nächste Klausurtagung fand im Hotel *Landgoed de Wilmersberg* statt, einem wunderschön gelegenen Grand-Hotel, das damit warb, dass die Textildynastie *Blijdenstein* das Haus nach dem ersten Weltkrieg als ihre Sommerresidenz erbaut hatte. Karl genoss schon die Anfahrt zum Hotel. Die Zufahrt führte durch eine mit bunten Sträuchern gesäumte Allee zum Haupteingang, von dem man in einem Kreis zu den gegenüber zwei Tennisplätzen liegenden Parkplätzen geführt wurde. Karl hielt vor dem Eingang und ging mit seinem kleinen Koffer zur Rezeption. Nachdem er eingecheckt hatte, bat man ihn um den Autoschlüssel, damit der Portier den Wagen zum Parkplatz bringen könne. Karl kannte das Valet-Parking von einem Aufenthalt in Los Angeles. Das hatte ihm gut gefallen, nur hatte er dort einen Mietwagen benutzt, hier war er mit seiner noch neuen Corvette angereist. Die mochte er einem Portier nicht gerne anvertrauen. Er erklärte also, dass er noch einmal wegfahren wolle, man könne seinen Koffer aber schon auf das Zimmer bringen.

Er brachte seinen Wagen zum Parkplatz und gönnte sich einen Spaziergang durch den ausgedehnten Park. Als er später in die weitläufige und üppig möblierte Hotellobby zurückkehrte, begegnete er dort dem *Secretaris.* Der gehörte zum Management-Team und hatte die Aufgabe, bei den Aufsichtsratssitzungen das Protokoll zu führen. Er war Jurist und Karl verstand sich mit ihm ganz gut. Er hatte gerade eingecheckt und war auf dem Weg zu seinem Zimmer. Karl schlug denselben Weg ein. Da blickte dieser ihn verwundert an und sagte:

„Du musst in den anderen Flügel, für die Aufsichtsräte haben wir die Zimmer mit direktem Zugang zum Park gebucht".

Karl zeigte ihm seine Keycard. Der *Secretaris* schaute sie an und schüttelte den Kopf.

„Das verstehe ich jetzt nicht. Du hast tatsächlich das Zimmer neben mir. Die Buchungen sind von Piets Vorzimmerdame vorgenommen worden. Die hat dich wohl versehentlich beim Management-Team untergebracht. Da muss ich ihr übermorgen wohl mal auf die Finger klopfen".

Karl besänftigte:

„Nein, lass das auf sich beruhen. Ich bin bei euch gut aufgehoben. In Parterre-Zimmern habe ich Angst vor Eindringlingen".

Der *Secretaris* lachte.

„So einen ängstlichen Eindruck hast du bisher nicht gemacht. Darf ich dich vor dem Essen denn noch zu einem Aperitif einladen?" Nach kurzem Zögern fügte er hinzu:

„Dann stellst du vielleicht unserem Geschäftsführer morgen nicht mehr so kritische Fragen".

Jetzt war Karl sich sicher, der *Secretaris* hatte auch das Gefühl, dass diese Unterbringung ein kleines Revanchefoul sein sollte. Piet hatte nicht vergessen, dass er durch Karls Fragen zu den Anlieferverträgen bloßgestellt worden war. Er sagte:

„Piet ist morgen vor mir sicher. Ich habe allerdings einige schwerwiegende Fragen an den Protokollführer".

Der *Secretaris* blickte ihn argwöhnisch an. Als er das verschmitzte Lachen in Karls Augen sah, entspannte er sich und gab zurück:

„Dann erhöhe ich auf zwei Aperitif und erwarte Milde. Das verstößt zwar gegen die Governance-Regeln, aber von eurem Bismarck weiß ich, jeder Mensch ist käuflich, wenn er seinen Preis erhält".

Karl mochte Bismarck nicht als den Urvater der Bestechung anerkennen und revanchierte sich mit einem Witz, den man sich in der deutschen Grenzregion zu Holland gerne erzählte.

„Ein Holländer betritt in Deutschland ein Waffengeschäft und fragt nach einer Jagdflinte. ‚Haben wir nicht'. ‚Dann möchte ich eine Pistole'. ‚Haben wir auch nicht'. ‚Dann ein Jagdmesser'. ‚Auch nicht'. Der Holländer betrachtet den Verkäufer jetzt argwöhnisch und fragt: ‚Haben Sie etwas gegen Holländer?' Der Verkäufer antwortet spontan: ‚Flinten, Pistolen, Messer…'".

Das Lachen des *Secretaris* klang gekünstelt. Karl verzichtete darauf, ihm einen weiteren Holländer-Witz zu erzählen. Die Sache mit dem Zimmer berührte ihn nicht ernsthaft, er hatte Sinn für feinsinnig ausgetragene Fehden. Es sollte aber eine Weile dauern, bis er Gelegenheit zu einem Gegenschlag erhielt.

Anderthalb Jahre später hatte sich der Aufsichtsrat mit Piets Wunsch nach Anpassung seiner Vergütung zu befassen. Piet hatte sehr gediegene Vorstellungen. Neben einer deutlichen Gehaltserhöhung wünschte er eine *Vertrekpremie*, eine Abfindung nach Beendigung seiner Tätigkeit. Er hatte noch gut zwei Jahre bis zum Renteneintrittsalter und wollte vorsorgen. Da er das Unternehmen durchaus ordentlich führte, war der Aufsichtsrat nicht abgeneigt, seinen Wünschen weitgehend zu entsprechen.

Es verhielt sich in den Niederlanden ähnlich wie in Deutschland, in den kommunalen Unternehmen hatte sich eine Vergütungskultur breit gemacht, die sich an den Privatunternehmen orientierte, dabei aber die Risiken der Tätigkeit im freien Markt aussparte. Die Unternehmen der Kommunalwirtschaft waren zu Selbstbedienungsläden geworden. Während aber in Deutschland die Gehälter der kommunalen Vorstände und Geschäftsführer von Rekord zu Rekord jagten, hatte in den Niederlanden eine Gegenbewegung eingesetzt. Man hatte eine Theorie kreiert, der zufolge in kommunalen Unternehmen niemand mehr verdienen durfte als der Premierminister. Dies wurde als die *Balkenende-Norm* bezeichnet..

Karl hatte sich im Vorfeld hierüber informiert und machte Bedenken geltend.

„Wenn ich Piets Wünsche an unserem in Deutschland üblichem Vergütungsniveau messe, liegen diese am oberen Rand dessen, was in Unternehmen mit kommunaler Beteiligung gezahlt wird. Hier in Holland muss aber die *Balkenende-Norm* greifen, und die würde deutlich überschritten".

Ein Aufsichtsrat warf ein:

„Die ist noch nicht verbindlich. Es gibt heftige Diskussionen darüber, welche der Vergünstigungen, die der Premierminister genießt, eingerechnet werden müssen. Ich habe im Vorfeld berechnen lassen, dass Piet bei extensiver Auslegung der *Balkenende-Norm* noch innerhalb der Grenzen läge".

Karl räumte ein:

„Dann sollten wir hierbei nicht zu kleinherzig sein. Aber eine *vertrekpremie* sieht die Vergütung des Premierministers nicht vor, oder?"

Hierüber entspann sich ein intensiver Austausch von Argumenten. Karl staunte, wie generös manche im Aufsichtsrat mit dem Geld Dritter umzugehen bereit waren. Er wies darauf hin, dass Abfindungen nur dann zur Diskussion stehen könnten, wenn ein Geschäftsführer vorzeitig ausscheidet, ohne dass er dies zu vertreten hat. Anderenfalls wäre dies ein zusätzlicher Gehaltsbestandteil, den man wiederum an der *Balkenende-Norm* zu messen habe.

Nach einer halben Stunde des Diskutierens ergriff der Vorsitzende das Wort und entschied:

„Wir zeigen uns bei der Anwendung der *Balkenende-Norm* großzügig. Bei Piets Forderung nach einer *vertrekpremie* folge ich Karls Argumenten. Das sollten wir ablehnen. Bitte abstimmen".

So kam es, dass Karls Einsatz für die Kommunen den Geschäftsführer Piet die Abfindung in Höhe von zwei Jahresgehältern kostete.

Die Tätigkeit in diesem bürokratielastigen Aufsichtsrat empfand Karl zunehmend als Zeitverschwendung. Es hatte allerdings eine spannende Phase gegeben, als die Veräußerung der kommunalen Anteile an einen privaten Investor zur Diskussion stand. Da gab es die Karl hinlänglich bekannten Argumente für oder gegen die Privatisierung in der Entsorgung. Zu den politischen Belangen der hier beteiligten Kommunen hatte er im Gegensatz zu den anderen Aufsichtsräten aber keinerlei Bezug. Er meldete sich nur einmal zu Wort und pries die kommunale Herrschaft über die Abfallströme, weil er wusste, dass die Kollegen dies gerne hörten.

Der Plan, kommunalen Müll aus Deutschland zu akquirieren, war zum damaligen Zeitpunkt nicht realisierbar, sodass die Karl zugedachte Funktion nicht mit Leben zu füllen war. Er beschloss daher, sich nach Ablauf der Regelzeit nicht mehr zur Wiederwahl zu stellen.

Karls Fazit war, dass er viel Zeit für wenig Lustgewinn aufgewendet hatte. Im Vergleich zu seiner früheren Tätigkeit in Aufsichtsgremien der zu Onkel Hans´ Reich gehörenden Beteiligungsgesellschaften war dies hier ein time-wasting-Job gewesen.

Mehr Spaß an holländischem Abfall machte ihm eine Beteiligung an einem Altpapierbetrieb in Maastricht, die ihm in Ausübung eines Mandats als Anwalt in den Schoß gefallen war.

Zu Karls Mandantschaft gehörte ein Niederländer, der im Großraum Maastricht ein Altpapierunternehmen betrieb. Eines Tages kam dieser mit einem besonderen Anliegen auf Karl zu. Er hatte gehört, dass ein Wettbewerber, mit dem ihn jahrelange Feindschaft verband, seinen Betrieb veräußern wollte. Da er sich keine Chancen ausrechnete, selbst zum Zuge zu kommen, bat er Karl, als Treuhänder diesen Betrieb zu erwerben.

Karl dachte nach. Als Treuhänder konnte er schlecht auftreten, das hätte sofort die Frage nach dem Geschäftsherrn provoziert. Da seine Kanzlei personell gut besetzt war, sah er genügend Freiraum, um eine GmbH zu gründen, deren Aktivität im Erwerb und Verwalten von Beteiligungen an Entsorgungsunternehmen bestehen könnte. Das würde ihm den Hintergrund für ein seriöses Angebot liefern.

Er sagte seinem Mandanten zu, zu versuchen, in Verhandlungen mit dem Betrieb zu treten. Dessen Inhaber wurde von einer renommierten Kanzlei in Maastricht vertreten. Karl antichambrierte erfolgreich. Die Verhandlungen zogen sich mehrere Monate hin. Karl war oft in Maastricht und lernte die Stadt lieben. Ihm gefiel das *savoir vivre*, das in starkem Gegensatz zu dem kalvinistisch geprägten Lebensstil der Nordholländer stand. Am *Vrijthof*, dem Herzen der Stadt, zeugten Relikte von der die Stadt im Jahre 1635 beherrschenden Auseinandersetzung zwischen Katholiken und Kalvinisten, zu einer Zeit, zu der die Spanier im Begriff waren, die Stadt einzunehmen. Karl kannte diese Episode aus dem historischen Roman „*Spaans Vuur*" und erlebte die Atmosphäre der kleinen Gassen besonders eindringlich.

Während der intensiv geführten Gespräche mit der Verkäuferseite einerseits und seinem Mandanten andererseits reifte in Karl der Plan, den Erwerb des Altpapierbetriebes als fifty-fifty-Geschäft mit seinem Mandanten durchzuführen. Als er dies vorschlug, lief er offene Türen ein. Sein Mandant sah die Chance, das eigene Kapital zu schonen und trotzdem seine Marktpräsenz zu erhöhen. Aus dem Mandanten wurde ein Kompagnon. Sie erwarben den Betrieb. Der Holländer führte den Betrieb wie eine Niederlassung seines Hauptbetriebes. Das war wirtschaftlich erfolgreich.

Karl ließ sich alle ein bis zwei Wochen einmal sehen, bekam Probleme mit Anlagenstörungen und Personal geschildert, zu deren Lösung er aber wenig beizutragen hatte. Mit Amüsement stellte er fest, dass sein Kompagnon ein Rassist mit großem Herzen war. Der Vorgänger hatte im Betrieb einige Mitarbeiter mit schwarzafrikanischem Hintergrund beschäftigt. Sie waren ausgesucht höflich und Karl mochte sie. Sein Kompagnon erklärte ihm wiederholt:

„Die müssen wir loswerden. Ich bekomme die Krätze, wenn ich sie bei der Arbeit beobachte".

Karl hatte beim ersten Mal erwidert:

„Soweit ich sehe, sind sie doch eifrig bei der Arbeit. Ich habe noch keinen herumstehen sehen".

„Ja, ja, die führen jede Anweisung aus, aber sobald man sich umdreht, hören sie auf. Ich habe solche ... (*der verwendete Ausdruck war diskriminierend und belegte, dass der niederländische Handel seinen Reichtum maßgeblich dem Sklavenhandel zu danken hatte*) in einem Altpapierbetrieb in Los Angeles kennengelernt. Dort hatten sie sogar die mexikanischen Kollegen drangsaliert, weil die zu schnell gearbeitet und den Akkord erhöht hatten".

Karl schmunzelte. Die Holländer hatten noch an ihrer kolonialen Vergangenheit zu arbeiten. Karls Kompagnon ließ seinen rassistischen Ausbrüchen aber keine Taten folgen. Die Schwarzen blieben und er ermöglichte einem von ihnen sogar, den Gabelstapler-Schein zu machen.

Karl freute sich über die guten Betriebsergebnisse. Der Wert seiner Beteiligung hatte sich nach zwei Jahren schon reichlich verdoppelt. Er empfand es als wohltuend, zu sehen, wie dieser burschikos geführte kleine Betrieb eine höhere Umsatz-Gewinn-Rate erzielte als das Müll-Unternehmen, in dem er seine Zeit in zähen Aufsichtsratssitzungen mit staubtrockenen Kalvinisten verbrachte.

Sein Kompagnon bot im Markt auch die sogenannte Aktenvernichtung an. Dabei hatte der Betrieb eigentlich alle Vorkehrungen zur Wahrung des Datenschutzes einzuhalten. In Deutschland stellte der Gesetzgeber hieran hohe Anforderungen, die zu erheblichen Investitionen führen mussten. Als Karl bei einem seiner Besuche durch die Halle lief, in der das Altpapier zur Aufgabe auf die Sortierbänder aufgehäuft herum lag, entdeckte er mit Befremden einen Stapel von Jahresabschlüssen verschiedener Firmen.

„Das sind Anlieferungen aus der Aktenvernichtung, die wir für verschiedene Kunden durchführen", erhielt Karl als Antwort auf seine Frage nach der Herkunft.

„Und der Datenschutz?", setzte er nach, „hier kann doch jeder in anderer Leute Bilanzen blättern".

„Unsere Schwarzen können das nicht lesen, und wir sorgen dafür, dass dieses Material immer bis zum Feierabend im Schredder ist", antwortete sein Kompagnon leichthin, „wir können diese Dienstleistung dafür sehr günstig anbieten, und das Papier hat eine gute Qualität".

Familien-Müll

„Hallo Karl, hier spricht Freddy, ich hätte gerne einen Termin mit dir".

Karl war leicht verwundert gewesen, als seine Sekretärin ihm den Anruf durchgestellt hatte. Freddy war sein Nachfolger im Ehebett, er hatte vor einiger Zeit Miriam geheiratet und auch Karls jüngere Tochter adoptiert, nachdem sie achtzehn geworden und seine Einwilligung nicht mehr erforderlich war. Karls Scheidung von Miriam war nicht durchgängig friedlich verlaufen, sie war aber der konsequente Schlussstrich unter die jahrelange Situation des Lebens unter einem Dach bei ansonsten getrennter Lebensführung; eine Situation, die Karl zeitweilig an den Rand der Verzweiflung getrieben hatte. Er hing sklavisch an seinen Töchtern, die er nach Feierabend zuhause regelmäßig gesehen und mit denen er bei Abwesenheit der Mutter die Wochenenden verbrachte hatte. Aber es war eben keine richtig vollständige Familie mehr

In dieser schwierigen Zeit hatte er einen kurzen Lichtblick genossen, als Miriam mit ihm und den Kindern einmal während der Schulferien einige Tage im Disneyland bei Paris verbrachte. Sie musste dies klammheimlich ohne Wissen von Freddy organisieren, und die Kinder wurden zu strengstem Stillschweigen vergattert. Das empfand Karl als bitter, aber er genoss diese Tage mit seiner ehemaligen Familie wie ein Geschenk des Himmels. Ein Geschenk auf Zeit, vergleichbar dem Freigang für einen langjährigen Strafgefangenen.

Karl führte in dieser Zeit ein unstetes Leben; er ging wenig aus, aber eine Reihe von Damen gab sich in seinem viel zu großen Haus die Klinke in die Hand. Karl betrachtete dies als subtile Revanche für Miriams Umgang mit Freddy.

Eine kleine Genugtuung wurde ihm zuteil, als eine Dame, die sich bei ihm eingemietet hatte, exhibiert werden musste. Miriam hatte dies gestützt auf ihr noch bestehendes Miteigentum an dem Haus kategorisch eingefordert. Karl versuchte erst gar nicht, seine Position juristisch zu beleuchten, ihm kam diese Gelegenheit gerade recht, die Zeit war für die Dame ohnehin um. Sie war im Golfclub bekannt und hatte so manchem Spieler über ein verpatztes Score tröstend hinweggeholfen. Sie betrieb die Liebe als Kampfsport. Als Karl zufällig erfuhr, dass auch Freddy zu den Getrösteten gehört hatte, konnte er der Versuchung nicht widerstehen, Miriam beschwichtigend mitzuteilen, dass die Dame doch in gewisser Weise auch zu ihrer neuen Familie gehöre. Miriams Reaktion ließ ihn eine Woche lang seinen eigenen Kummer vergessen.

Nun fragte Karl sich, was Freddy wohl von ihm wollte. Eine Beschwerde über Miriam oder die Kinder, oder gar den Hund? Eine Golfrunde? Es war aber beruflich.

Freddy hatte sein Unternehmen von der Mutter übernommen, bei der Onkel Hans vor vielen Jahren mit einer Minderheitsbeteiligung eingestiegen war. Das war damals ein Coup gegen den benachbarten Wettbewerber, den Onkel Hans aber mit seiner unerreichten Überzeugungskraft beschwichtigen konnte, indem er ihm deutlich machte, dass diese Beteiligung zum Ziel habe, die Marktverhältnisse stabil zu halten; was letztlich bedeutete, dass er seine Beteiligung dazu nutzen werde, Freddys Mutter am Expandieren zu hindern. Im Gegenzuge trug Onkel Hans dafür Sorge, dass kein Wettbewerber den Auftragsbestand gefährdete; es wurde ein Zustand ähnlich der *pax romana* geschaffen: wer sich unter Onkel Hans´ Schutzschild begab, verlor zwar seine unternehmerische Freiheit, er gewann aber Sicherheit. Diesen Zustand hatte Freddy als Unternehmenserbe angetroffen. Leider kannte er die Spielregeln des Müll-Marktes nicht.

Nach Onkel Hans´ Absturz war dessen Beteiligung an Freddys Unternehmen in die Hände einer kommunalen Gesellschaft geraten. Diese Leute wollten Freddy als Geschäftsführer absetzen, was ihnen gelungen wäre, weil Freddy trotz seiner Mehrheit am Stammkapital bei einer Abstimmung nach GmbH-Recht selbst nicht stimmberechtigt gewesen wäre.

Als Freddy diesen Anlass für die Kontaktaufnahme geschildert hatte, sagte Karl:
„Da kann ich anwaltlich nicht für dich tätig werden. Ich habe schon einmal für die Gegenseite gearbeitet. Das war zwar eine andere Sache, aber ich habe meinen eigenen Kodex. Wenn du dich allerdings dazu entschließt, deinen Anteil oder einen Teilanteil zu veräußern, bin ich als Erwerber interessiert. Ich habe eine GmbH, die kauft Anteile an Müllunternehmen. Vor einem halben Jahr habe ich eine Beteiligung an einem holländischen Altpapierbetrieb erworben, da würde eine Beteiligung an deinem Unternehmen dazu passen. Es könnten sich gewisse Synergieeffekte im Altpapierbereich ergeben. Denke in Ruhe darüber nach und melde dich wieder“.

Karls Gefühle waren zwiespältig. Bevor Freddy ihm seine Familie geraubt hatte, waren die beiden so etwas wie gute Bekannte gewesen. Sie nahmen gemeinsam an Veranstaltungen der Wirtschaftsjunioren teil und besuchten sich gelegentlich zuhause. Freddy war im Umgang durchaus angenehm und hatte damals eine sehr attraktive Freundin, außerdem war er ausgesprochen hundeaffin. Beruflich hatten sie kaum Berührungspunkte, weil die Betreuung der Unternehmensbeteiligung Frowijn als zuständigem Niederlassungsleiter oblag. Der hatte darauf zu achten, dass von dort keine Angebote in den Markt gestreut wurden, die den benachbarten Wettbewerber auf den Plan gerufen hätten. Karls Verhältnis zu Freddy war trotz der überschaubaren intellektuellen Schnittmenge wohlwollend neutral bis zu dem Tag, als Karl von Frowijn hörte, dass es einen weiteren Berührungspunkt gab, nämlich Freddys Verhältnis mit Karls Ehefrau.

Als Karl jetzt über Freddys Anruf nachdachte, war er zunächst geneigt, ihm zu bedeuten, er solle sich zum Henker scheren. Als Freddy sich aber nach einigen Wochen wieder meldete, gewannen Karls geschäftliche Interessen doch die Oberhand über seine persönlichen Befindlichkeiten. Müll macht gierig.

„Ich habe mit einigen Interessenten aus der Branche Gespräche geführt, habe daraus auch eine Vorstellung über den aktuellen Unternehmenswert entwickelt und möchte mit dir ins Geschäft kommen", eröffnete Freddy das Gespräch.

Karls GmbH beteiligte sich an Freddys Unternehmensanteil. Art und Höhe der Beteiligung wurden so gewählt, dass der kommunale Mitgesellschafter keine Chance hatte, Freddy als Geschäftsführer abzuberufen. Karl musste seine GmbH für den Anteilserwerb hoch verschulden, aber die für ihn aus den Jahresabschlüssen ersichtliche Lage des Unternehmens machte ihm Mut, aus den zu erwartenden Ausschüttungen den Kredit bedienen zu können. Außerdem lief die holländische Beteiligung gut.

Er hatte auch ein Konzept für die strategische Positionierung des Unternehmens im Kopf. Dabei half ihm das von Onkel Hans übernommene Glaubensbekenntnis, wonach man nur Geld verdienen kann, wenn im Markt Friede herrscht.

Diesen Frieden hatte Freddy gestört und den galt es in einem ersten Schritt wiederherzustellen. Freddy hatte nach dem Tod seiner Mutter als Geschäftsführer auf Expansion gesetzt und dabei ausgerechnet die Kundschaft seines mehr als zehn Mal so großen benachbarten Wettbewerbers angegriffen. Dies widersprach den ursprünglichen Beteuerungen von Onkel Hans, wonach die damals erworbene Beteiligung zur Marktstabilisierung genutzt werden sollte. Dieser Wettbewerber hatte nun die Messer geschliffen und es drohte ein ruinöser Preiskampf. Die Absicht des kommunalen Mitgesellschafters war es gewesen, Freddy als Geschäftsführer zu opfern, um den heimischen Markt wieder ordnen zu können.

Karls Plan war es dagegen, in Gesprächen mit dem Wettbewerber den Zustand ex ante unter Einbeziehung von Freddy wiederherzustellen. Nach einigen Anläufen gelang es ihm auch, den Wettbewerber mit Freddy an einen Tisch zu bringen. Die Atmosphäre war eisig. Man saß in Karls Büro und die Sekretärin verzog sich nach dem Servieren von Kaffee schnell.

„Wenn wir den Markt in Ordnung bringen wollen, bin ich dazu grundsätzlich bereit", sagte der Wettbewerber, „aber als erstes bekomme ich die Gemeinden zurück, die mir mit Dumpingpreisen abgenommen worden sind. Ich lasse eine Liste anfertigen und dann wird das geregelt. Danach können wir weiter reden".

Freddy sagte kein Wort. Das war befremdlich, weil es um die Zukunft seines Unternehmens ging. Und der Wettbewerber hatte sich lediglich auf Grundsätze berufen, die in der Müllbranche als ungeschriebenes Gesetz galten. Im Zivilrecht hätte man von Naturalrestitution gesprochen. Da es für Karl um die Zukunft seiner Investition ging, ergriff er jetzt das Wort.

„Das wird selbstverständlich akzeptiert. Wir müssen nur die Laufzeiten der Verträge im Auge haben. Während eines bestehenden Vertrages wird ein Wechsel des Vertragspartners ohne die Zustimmung der Kommune nicht funktionieren. Und für eine solche Zustimmung wird man der Kommune einen guten und plausiblen Grund nennen müssen, den wir nicht haben. Wir müssen deshalb nach außen die Verträge unangetastet lassen, im Innenverhältnis sieht das anders aus".

Damit war der Wettbewerber nicht einverstanden. Seinem Naturell entsprechend mussten Lösungen sofort umgesetzt werden. Karl vertiefte seine Argumentation. Auch der Wettbewerber kannte das Kommunalgeschäft und die Mentalität der Entscheidungsträger in den Gemeinden natürlich bestens, sodass er Karls Bedenken am Ende widerwillig akzeptierte.

„Dann werden mir aber die Entsorgungsgefäße in den betreffenden Kommunen schon jetzt verkauft und übereignet. Ihr müsst sie bis zum Vertragsende von mir mieten", sagte er nach einigem Nachdenken.

Das war eine tragfähige Idee. Der Wettbewerber hätte sich damit für die nächste Ausschreibung einen entscheidenden Vorteil vor anderen Bietern verschafft, was im Sinne der angestrebten Marktstabilisierung lag; außerdem hätte Freddys Unternehmen aus dem Verkauf einen außerordentlichen Ertrag realisieren können, was eine höhere Gewinnausschüttung ermöglicht hätte, die Karl für seinen Schuldendienst sehr gelegen gekommen wäre. Sie verabredeten, sich nach Aufstellung der Listen wieder zu treffen und eine konkrete Vereinbarung zu formulieren. Der Wettbewerber verabschiedete sich ohne Handschlag und ging.

Karl sagte zu Freddy:

„Uff, ich habe zeitweise nicht geglaubt, dass wir zum Ziel kommen. Wenn wir den soeben besprochenen Weg gehen, müssten wir im nächsten Schritt eine Verständigung über die Verträge in unseren angestammten Gebieten erreichen können, die in den nächsten Jahren zur Ausschreibung kommen. Wenn der unsere Angebote deckt, wird es jedenfalls leichter, sich mit den anderen Entsorgern auseinanderzusetzen. Die Absicherung unseres Stammgebiets hat nach meinem Verständnis oberste Priorität. Expansionsmöglichkeiten suchen wir dann auf anderen Geschäftsfeldern, bevorzugt im Gewerbemüllbereich, vielleicht steigen wir auch ins Nassgeschäft ein".

Freddy sagte nichts. Er stierte vor sich hin. Karl schenkte ihm Kaffee nach und fragte schließlich:

„Nun sag´ mal, wie siehst du das?"

Freddy nahm seine Tasse und trank einen Schluck mit leicht zitternder Hand, wobei er sich das Hemd beschmutzte. Er holte umständlich ein Taschentuch hervor, wischte über sein Hemd und sagte schließlich mit Nachdruck:

„Ich soll dem Kerl meine Mülleimer verkaufen? Das mache ich mein Lebtag nicht".

Jetzt verlor Karl seine Fassung.

„Wenn wir mit dem Mann keine Einigung finden, wird er beim Auslaufen unserer Verträge in den Stammgebieten so niedrig anbieten, dass wir diese Aufträge verlieren. Du kannst froh sein, dass er diesen Kommunen bisher noch nicht mitgeteilt hat, wie preiswert du bei anderen Gemeinden die Müllabfuhr machst", sagte Karl, nachdem er drei Mal tief Luft geholt hatte, „ich hätte das an seiner Stelle längst getan".

Freddy zeigte sich unbeeindruckt und Karl fuhr nach einer längeren Pause in resolutem Tonfall fort:

„O.k., dann lassen wir das Thema. Ich habe gesehen, dass es bislang keine Kostenrechnung im Unternehmen gibt, du weißt also nicht, wo Geld verdient oder verloren wird. Mir bleibt bei deiner Haltung nur der Weg, unseren Mitgesellschafter zu bitten, seine Controller einen Fünf-Jahres-Plan auf der Basis der derzeitigen Ertragslage und unter der Annahme künftigen Preiswettbewerbs in unseren angestammten Kommunen erstellen zu lassen. Ich bitte dich mit allem Nachdruck, denen alle erforderlichen Auskünfte zu erteilen und alle Unterlagen zugänglich zu machen".

Der Gang zum Mitgesellschafter fiel Karl nicht ganz leicht, weil dessen Geschäftsführer ihm noch nicht verziehen hatten, dass durch seine Intervention die Abberufung von Freddy als Geschäftsführer vereitelt worden war. Er kannte die beiden Geschäftsführer aber aus seiner früheren Zeit. Und da Freddy ihnen bislang die Einrichtung eines Controlling-Systems verweigert hatte, kam ihnen Karls Initiative sogar gelegen.

„Meine Herren, ich begrüße Sie zur heutigen Sitzung. Die Formalien erspare ich uns, der Ernst der Lage zwingt dazu, sofort zur Sache zu kommen", leitete Karl die Besprechung ein.

Die Controller des Mitgesellschafters hatten binnen vier Wochen einen Bericht nebst Zukunftsplanung erstellt. Das Ergebnis war erschütternd und Karl hatte sofort eine Gesellschafterversammlung veranlasst. Er ließ sich jetzt in der Sitzung nochmals darlegen, wie die Grundannahmen ermittelt worden waren und fragte Freddy, ob diese mit seiner Sichtweise übereinstimmten. Als dieser bejahte, fuhr Karl grimmig fort:

„Dann fehlt mir in der zeitlichen Darstellung innerhalb der Planung der nächsten Jahre ein für das Schicksal des Unternehmens wichtiges Datum".

Alle blickten ihn fragend an, weil sie nicht verstanden, was er meinte.

„Das ist der Zeitpunkt, ab dem hier der Insolvenzverwalter die Geschäftsführung ersetzt", klärte Karl auf, „wir werden bei dem dargestellten Geschäftsverlauf in zwei bis drei Jahren das Kapital in der Bilanz auf der falschen Seite finden. Wenn wir nicht schon vorher zahlungsunfähig geworden sind, liegt dann Überschuldung vor".

Der Vertreter des Mitgesellschafters nahm dies erstaunlich neutral zur Kenntnis; er hatte sich wahrscheinlich schon Gedanken darüber gemacht, wie er dann den Rest des Unternehmens preiswert schlucken könne. Was jedoch Karl die letzten Illusionen über Freddys Unternehmerpotential raubte, war der Umstand, dass auch er die niederschmetternden Zahlen schweigend und scheinbar gleichmütig hinnahm. Es kam nicht einmal im Ansatz eine Idee zu unternehmensstrategischen Gegenmaßnahmen. Als Karl dann noch hinterfragte, wieso für das laufende Wirtschaftsjahr kein Gewinn ausgewiesen sei und zur Antwort bekam, Freddy habe sofort abzuschreibende gelbe Müllbehälter gekauft, für deren Einsatz es aber noch keinen Vertrag gebe, musste er eine Panikattacke unterdrücken; ihm war jetzt wirklich angst und bange um seine Investition geworden.

Die Controller hatten festgestellt, dass Freddys Expansion durch Dumpingpreis-Attacken in das Gebiet des von ihm „Kerl" genannten Wettbewerbers herbe Verluste einbrachte. Das war Freddy nur nicht aufgefallen, weil die Gewinne aus den Kommunen in seinem Kerngebiet aufgrund lange laufender Verträge mit kontinuierlichen Preiserhöhungen dies komfortabel kompensierten. Gerade diese Verträge waren aber durch den von ihm ausgelösten Streit mit dem „Kerl" in höchster Gefahr.

Karl bekam schlaflose Nächte. Freddys Mutter hätte seinerzeit gut daran getan, ihren Sprössling bei Onkel Hans in die Lehre zu schicken. Dort hätte er unter den Fittichen von Jan Frowijn lernen können, wie man ein Unternehmen mit Zahlen führt. ‚Zu spät‘, dachte Karl bei sich und fasste den Entschluss, dem kommunalen Mitgesellschafter die Abberufung von Freddy als Geschäftsführer vorzuschlagen. Den äußeren Vorwand dazu lieferte dieser selbst, indem er ohne jede Abstimmung mit den Mitgesellschaftern ein sogenanntes Unterpreisangebot an eine Kommune abgab. Karls Plan war, Freddy zum Verkauf seines Unternehmens zu zwingen, um damit seine Investition zu retten.

Freddy wandte sich hilfesuchend an Onkel Hans, der Karl und einen der Geschäftsführer des kommunalen Mitgesellschafters daraufhin zu einem Gespräch bat. Karl hatte Onkel Hans lange nicht mehr gesehen und war freudig überrascht, ihn bei bester Gesundheit anzutreffen. Sein Herzleiden hatte sich wohl umgekehrt proportional zu den gegen ihn gerichteten Ermittlungen entwickelt, um die es zunehmend stiller geworden war. Onkel Hans hatte ein neues Gebäude für seine Vermögensverwaltung bezogen und der Kaffee wurde in Designer-Tassen serviert, bei denen Karl überlegen musste, wie man sie in die Hand nahm; offenbar hatte Tante Hiltrut bei der Büroausstattung wieder die Führung übernommen.

Dafür war sie bereits in früheren Jahren bei Onkel Hans' Mitarbeitern berühmt und gefürchtet. Die Auswahl der Bilder in den Büroräumen war ihre Spezialität. Man erzählte, dass manch einer ein Bild verhängt habe, wenn er fremden Besuch erwartete.

Als seinerzeit ein neues Verwaltungsgebäude erbaut worden war, hatte Tante Hiltrut unter anderem die Ausstattung der Mitarbeiterbüros ausgesucht. Karl hatte von einem Kollegen gehört, dass dieser sich bei der Wahl seines neuen Schreibtisches nicht gegen Tante Hiltruts Vorstellung durchsetzen konnte. Um selbst einem solchen Schicksal zu entgehen, hatte er entschieden, seinen alten Schreibtisch zu behalten. Gegen Grundsätze der Sparsamkeit konnte auch Tante Hiltrut nichts einwenden. Der alte Schreibtisch war beim Umzug zu Bruch gegangen und Karls Sekretärin hatte gemeint, nun müsse doch ein neuer her.

„Sie lassen bitte das defekte Seitenteil leimen und stützen die Platte vorsorglich mit aufeinander gestapelten Büchern", hatte Karl ihr aufgetragen.

Er musste Tante Hiltruts missbilligende Blicke ertragen, aber nach einigen Monaten, als deren Einrichtungsorgie abgeschlossen war, hatte er einen neuen Schreibtisch seiner Wahl bestellt. Sein Kollege hatte ihm seine Anerkennung mit einem freundlichen *„Chapeau!"* gezollt.

Jetzt schilderte Onkel Hans einleitend Freddys Betroffenheit, was aber keinen der Anwesenden ernsthaft interessierte. Man diskutierte eine geraume Zeit lang einige rechtliche Aspekte des Abberufungsbeschlusses und kam dann zügig auf die wirtschaftliche Seite der von Karl vorgeschlagenen Veräußerung der Anteile zu sprechen.

„Das Unternehmen hat die von Ihnen seinerzeit filigran aufgebaute Schutzzone verlassen", sagte Karl zu Onkel Hans gewandt, „die Restlaufzeit der profitablen Verträge geht zu Ende und unser benachbarter Wettbewerber wird sich nicht mehr an den seinerzeitigen Burgfrieden halten. Der Freddy hat das Unternehmen an den Abgrund geführt. Hat er Ihnen den Business-Plan gezeigt?"

Onkel Hans antwortete zögerlich:

„Ja, da sind wohl einige Fehler gemacht worden. Was stellen Sie sich denn vor?"

Nach Karls Meinung sollte der Mitgesellschafter seine und Freddys Anteile übernehmen, da er ohnehin gesellschaftsrechtlich den ersten Zugriff hatte. Es stand auch bereits ein Kaufpreis im Raum. Onkel Hans hielt diesen Preis für zu niedrig, womit er bei Karl offene Türen einlief, nicht aber beim Adressaten der Offerte. Der hatte wohl auf eine preiswerte Übernahme nach Insolvenz spekuliert und lehnte deshalb Karls Preisvorstellung kategorisch ab. Die Verhandlungen zogen sich bis zum Abschluss quälend hin. Karls Nerven lagen blank. Er war froh, in seiner Anwaltskanzlei Abwechslung zu finden.

Als Karl Wochen später, nach endlich vollzogenem Deal, an diese Verhandlungen zurück dachte, dankte er Onkel Hans im Stillen für dessen Verhandlungsgeschick und Überzeugungskraft. Er war zu Recht als Nestor der Entsorgungsbranche betrachtet worden. In ausweglos scheinenden Situationen fiel ihm immer noch ein möglicher Kompromiss ein. Und sein Gespür für den Markt und die Psyche des Verhandlungsgegners hatten ihn nicht verlassen.

Der Geschäftsführer des Mitgesellschafters hatte sich mit tausend Argumenten geweigert, den Anteil zu dem genannten Preis zu übernehmen, weil die profitablen Verträge nur noch wenige Jahre liefen. Karls Unruhe war gestiegen. Da hatte Onkel Hans weit ausgeholt und die Genesis der Beteiligung an dem seinerzeit von Freddys Mutter geführten Unternehmen und die damit verbundenen Absprachen im Markt ausführlich dargelegt. Er hatte daran erinnert, dass mit dem benachbarten Wettbewerber damals verabredet war, sich Freddys Unternehmen zu gegebener Zeit zu teilen.

„Wenn der Kaufpreis Ihnen jetzt hoch erscheint, sprechen Sie den Wettbewerber auf die seinerzeit mit mir getroffenen Abreden an und fordern Sie seine hälftige Beteiligung ein. Ich bin sicher, dass er einsteigt. Dann haben Sie den Kaufpreis für sich halbiert und gleichzeitig ein Konfliktfeld vor der Haustür bereinigt. Erklären Sie das Ihren Gesellschaftern, die werden das verstehen", hatte Onkel Hans in beschwörendem Ton empfohlen. Er hatte den entscheidenden Punkt getroffen.

Karls Albtraum war zu Ende gegangen. Er zog für sich einen Schlussstrich und veräußerte bald darauf auch seine GmbH. Er hatte den Spaß an eigenen M&A-Geschäften verloren. Sein ungestörter Schlaf war ihm wichtiger. Freddy hasste ihn seitdem. Wenn Miriam mit Karl wegen der Kinder telefonieren wollte, musste sie dies in aller Heimlichkeit tun. Sie beklagte dies bei einem dieser Telefonate und musste sich Karls sarkastische Antwort gefallen lassen:
„Ich habe ihn dir nicht ausgesucht".

Kapitel 3 – Das Leben ohne Müll

Der goldene Weg der Mitte

Karl war müde geworden. Die Arbeit machte ihm zwar noch Freude und er liebte sein Büroambiente, aber der Zeitdruck durch viele Auswärtstermine und die ewigen Zickenkriege zwischen seinen Bürodamen begannen schleichend, ihn zu zermürben. Dazu kam, dass sein junger Sozius die Erwartungen nicht erfüllt hatte und Karl sich von ihm trennen wollte. Er half ihm noch, eine Stelle in der

Rechtsabteilung eines Entsorgungsunternehmens zu finden und überlegte lange, ob er einen neuen Anlauf mit einem jungen Kollegen unternehmen sollte. Dieser hätte sich in die speziellen Rechtsgebiete, die Karl vertrat, einarbeiten müssen. Er entschied sich angesichts seines eigenen Alters dagegen.

Die angestellte Anwältin war ausgetauscht worden gegen eine junge Juristin mit marokkanischen Wurzeln, die für Karl arbeitsrechtliche Fälle abwickelte und sich einen eigenen Mandantenstamm aufbauen sollte. Sie war ihm von einem Unternehmen, das er beriet, ans Herz gelegt worden; ihr Vater arbeitete dort als Müllwerker.

Die junge Dame war eine ansehnliche Erscheinung mit pechschwarzen Haaren und großen dunklen Augen, dabei von offenem und freundlichem Wesen, sodass Karl die Frage der juristischen Qualifikation nicht in den Vordergrund gestellt hatte. Seine Mandate im Gemeindewirtschaftsrecht, öffentlichen Preisrecht und Vertragsrecht wollte er ihr ohnehin nicht anvertrauen. Sie sollte bei kleinen Sachen aushelfen und die arbeitsrechtliche Betreuung verschiedener Mandanten gewährleisten. Das machte sie gut und außerdem belebte sie den Büroalltag mit ihrer aufgeschlossenen Art.

Ihr Tätigkeitsfeld brachte es mit sich, dass zunehmend Gruppen mit nahöstlichem Erscheinungsbild die Kanzlei bevölkerten. Seine Sekretärin schaute gelegentlich skeptisch, aber Karl nahm dies als folkloristische Abwechslung. Es war ja auch beabsichtigt, dass die junge Dame sich eine Mandantschaft aufbauen sollte, und da lag es nahe, dass vorzugsweise ihre Landsleute bei ihr Rat suchten. Eines Abends nahm sie mit ihrem Teebecher in der Hand vor Karls Schreibtisch Platz und gestand ihm im Tonfall einer lange aufgeschobenen Beichte:

„Ich muss Ihnen mal ehrlich sagen, ich kann Marokkaner nicht ausstehen".

Karl blickte verwundert.

„Nach meinem Eindruck haben Sie aber doch schon eine beachtliche Zahl an Mandanten aus dem Kreis Ihrer Landsleute gewonnen", sagte er.

„Die sind völlig unzuverlässig und bezahlen nichts", erwiderte sie, „mit diesen Leuten komme ich auf keinen grünen Zweig".

Karl lächelte vergnügt.

„Aber Sie haben mir doch vor einiger Zeit erzählt, dass ein marokkanischer Kollege in Düsseldorf von den Mandaten seiner Landsleute ganz gut leben kann", hielt Karl ihr vor.

„Das stimmt, aber der macht nur Strafverteidigungen".

Jetzt verging Karl das Lächeln. Er nahm für sich in Anspruch, gegenüber den Angehörigen anderer Kulturen durchaus tolerant zu sein. Zwar hielt er die zunehmenden Migrationsströme im Maßstab mittlerer Völkerwanderungen unter dem Deckmantel des Asylrechts für nicht hinnehmbar und machte auch die gelegentlichen leicht rassistischen Blödeleien im Gespräch unter Freunden mit; aber er schätzte jeden Zugewanderten, der hier auf halbwegs ehrliche Art für sich und seine Familie sorgte. Ein türkischer Feinkosthändler, bei dem er regelmäßig *Baharat*, *Sumach* und *Knoblauchpulver* kaufte, gehörte zu seinen Favoriten. Karl war auch bereit, die Aufrufe der Muezzin zum Gebet zu ertragen; als Student hatte er ein Semester lang ein Zimmer gegenüber einer Kirche bewohnt und seine Schlafgewohnheiten dem Angelusläuten unterordnen müssen.

Er stand fest auf dem Boden der grundgesetzlich geschützten Religionsfreiheit, solange man ihm die Freiheit ließ, religiöse Rituale gleich welchen Glaubens als historisch tradierte Folklore betrachten zu dürfen. Er war also keineswegs fremdenfeindlich. Wenn Migranten jedoch straffällig wurden, war seine Toleranz erschöpft. So antwortete er seiner jungen Kollegin:

„Ich hoffe, Sie verfallen nicht auf die Idee, in solchen Gewässern nach Mandanten fischen zu wollen. Es mag Fälle geben, in denen man eine Verteidigung nicht ablehnen kann, das sollte sich aber auf White-Collar-Crime beschränken", und fuhr in mahnendem Ton fort: „Kommen Sie mir bitte nicht mit Messerstechern, Vergewaltigern oder Sozialbetrügern aus dem Maghreb-Milieu. Welche Fälle vertritt denn Ihr Landsmann in Düsseldorf?"

„Genau diese", antwortete sie kleinlaut.

Die junge Kollegin blieb noch ein knappes Jahr bei Karl, dann wechselte sie in die Personalabteilung eines mittleren Konzerns. Karl entschloss sich, sie nicht zu ersetzen. Er hatte sich schon beim Ausscheiden seines Sozius selbstkritisch gefragt, ob es denn ein erstrebenswertes Ziel wäre, die Kanzlei möglichst groß aufzustellen, dies um den Preis, dass man sich im Hamsterrad mit zunehmender Geschwindigkeit zu bewegen habe. Seine Antwort war: nein.

Prägend für diese Einstellung war seinerzeit ein Gespräch gewesen, das Karl mit Rainer, einem ehemaligen Ko-Abiturienten, bei einem Klassentreffen geführt hatte. Ihr gemeinsames Abitur lag über vierzig Jahre zurück und Rainer bewegte sich entspannt im Ruhestand. Er war Chefarzt in einer Klinik gewesen und Karl war verwundert, dass Rainer deutlich vor dem regulären Rentenalter das Arbeiten eingestellt hatte. In seiner Vorstellung folgte ein Arzt einer Berufung und war so lange tätig, wie die Umstände es zuließen. Er hatte dies geäußert und von Rainer ein höhnisches Grinsen geerntet.

„Du hast wohl zu viel Schwarzwaldklinik gesehen", hatte der geantwortet, „wir machen einen Job wie jeder Fließbandarbeiter, zwar anspruchsvoller und mit etwas mehr Pathos, aber es ist am Ende ein Beruf mit den sich wiederholenden Alltäglichkeiten. Im letzten Lebensabschnitt sollte man das hinter sich lassen, am besten zu einer Zeit, in der man noch Kraft hat, Dinge zu tun, die bisher liegen geblieben sind. Ich habe mich mit meiner Frau irgendwann zusammengesetzt, wir haben unsere Groschen gezählt und den Entschluss gefasst, das Berufsleben zu beenden".

Das hatte Karl beeindruckt. Aus seinem Arbeitsleben im Müll kannte er nur die Maxime größer, schneller und profitabler, das Privatleben war dem beruflichen Erfolg untergeordnet gewesen. Er hatte diese Zeit genossen und war diesen Zielen bereitwillig gefolgt. Zu bereitwillig und kritiklos, wie er sich später selbst vorhalten musste. Dabei hatte seine humanistische Ausbildung ihm die Empfehlung des Aristoteles, den Weg der goldenen Mitte einzuhalten, durchaus nahegebracht, das hieß, den Ausgleich zwischen den Werten, die man für bedeutsam hält, zu suchen. Karl hatte seine zeitlichen Prioritäten zu Lasten seiner Familie in der Arbeit gesehen. Das war später, bei besserer Einsicht, nicht mehr zu korrigieren. Aber sollte er jetzt mit dem gleichen blinden Eifer seinen Anwaltsberuf fortsetzen? Geld hatte er inzwischen genug, um seine überschaubaren Wünsche erfüllen zu können. Er sagte sich, wenn man durch Verzicht auf Umsatz Freizeit kaufen kann, ist das die beste Mittelverwendung.

Den Beruf vollständig an den Nagel zu hängen, kam ihm dabei allerdings nicht in den Sinn; die Vorstellung, sich dem Nichtstun zu widmen, schreckte ihn noch. Er gab nach und nach die größeren Mandate auf und übernahm vorzugsweise kleinere Aufträge. Dabei machte er die eigentlich naheliegende Erfahrung, dass der Umgang mit „kleinen" Mandanten für das eigene Ego förderlich war. Diese Leute zeigten noch Respekt vor einem Anwalt, während man an den Besprechungstischen großer Unternehmen nicht mehr war als der Jurist, der lästige Unebenheiten im Geschäft zu bereinigen hatte, aber zu dem Hauptziel, möglichst viel Umsatz bei möglichst geringen Kosten zu generieren, nichts beitrug.

Karl genoss bei seiner reduzierten Tätigkeit, die ihn gelegentlich zu dem kleinen Amtsgericht seines Bezirks führte, die dort vorherrschende Atmosphäre, die vom Geruch nach Bohnerwachs und sich drängelnden, nachlässig gekleideten Anwaltskollegen geprägt war. Das fühlte sich wie ein déja-vue an, es war die Arbeitswelt, die er als junger Amtsrichter kennengelernt hatte. Er badete in

Nostalgie. Hier war die Welt unkompliziert und die Gravität juristischer Streitfragen beschränkte sich auf den Horizont des Amtsgerichts.

Irgendwann jedoch machte sich bei Karl das Gefühl breit, im Sitzungssaal der Methusalem zu sein. Er begann, argwöhnisch auf die jüngeren Leute zu schauen, ob jemand diesen Eindruck widerspiegelte, und erwartete mit leisem Unbehagen den Augenblick, in dem einer der jüngeren Kollegen sich womöglich anschickte, ihm aus dem Mantel zu helfen.

Als seine dem Karneval verfallene Frau ihn fragte, ob sie seinen Talar für Kostümierungszwecke verwenden dürfe, entschied Karl, dass dies der geeignete Zeitpunkt sei, endgültig aufzuhören und sich dem Nichtstun zu widmen.

Mit dem Müll verband ihn endgültig nur noch die Phalanx der bunten Abfalleimer vor seiner Haustür. Er fühlte sich frei.

Müll auf der Überholspur

Einige Wochen vor seinem plötzlichen Tod hatte Karl noch einmal mit seinem ehemaligen Vorstandskollegen Will bei einem gemütlichen Essen geplaudert. Sie saßen wieder in der Scuderia und goutierten die italienische Küche, als Will unvermittelt die Frage stellte:

„Wie blickst du heute auf deine Vergangenheit in der Müllbranche? Würdest du dasselbe nochmals tun?"

Karl überlegte eine Weile und antwortete:

„Das ist ja immer eine Frage nach der Alternative. Nein, ich bereue nicht, im Müll gearbeitet zu haben. Wir haben den Aufstieg der Branche aktiv miterlebt und das gute Gefühl genossen, dass es nur aufwärts ging. Unser Chef war ein begnadeter Unternehmer, von dem wir viel lernen konnten. Ich glaube nicht, dass ein Berufsleben als Anwalt so facettenreich geworden wäre".

„Und wie blickst du auf die Ereignisse, die zum Ende geführt haben?", setzte Will nach.

„Tja, so wie das goldene Kalb von Moses zertrümmert wurde, hat auch hier die Nemesis die Dinge zurechtgerückt. Wir haben unkritisch mitgetanzt und dafür bezahlt. Das hätte meines Erachtens nicht so ausgehen müssen, wenn unser Chef sich streitbarer gezeigt hätte. Die DAX-Leute haben ihm nicht gut getan. Er hätte von Anfang an wissen müssen, dass die ihn schlucken wollten. Er hat es ihnen am Ende zu leicht gemacht. Das ist der Punkt, der jetzt, also im Rückblick, an meinem Selbstbewusstsein nagt. Ich habe ihn immer als Chef akzeptiert, bin ihm wie ein gläubiger Jünger gefolgt, und musste am Ende erkennen, dass ich nicht einem tapferen Krieger, sondern einem verzagenden Opportunisten nachgelaufen bin, der sein Lebenswerk - und das anderer - für einen ausreichend hohen Kaufpreis aufgegeben hat".

„Das sehe ich weniger kritisch", sagte Will, „der war am Ende doch in die Ecke gedrängt worden".

„Ja richtig, und was macht ein Löwe in dieser Situation? Er kämpft! Aber o.k., es ist eine Frage der Veranlagung, ob man als Löwe oder als Kaninchen durchs Leben gehen will. Es wurmt mich eben, dass mein Vorturner nicht der Löwe war, den ich lange in ihm gesehen hatte. Ist am Ende mein eigener Fehler. Aber vielleicht brauchte ich diesen Anstoß, um mich anschließend im freien Beruf noch einige Jahre verwirklichen zu können", gab Karl zurück.

„Dann hast du dein Glück erst nach der Karriere im Müll finden können?", fragte Will, „so schlecht war die Zeit aber doch nicht".

„Jetzt wirst du philosophisch", sagte Karl lächelnd, „da müssen wir zuerst klären, worin das Glück besteht".

Er wusste, dass Will vor seinem Ingenieurstudium einige Semester Altphilologie studiert hatte und griff das Thema bereitwillig auf.

„Aristoteles sieht es in einem tätigen Leben, nicht nur in dem Ziel des höchst möglichen Wohlergehens. Danach könnte uns das Leben im Müll Glück beschert haben", legte Will vor.

„Das ist zu einfach. Erstens spielte die Entsorgung in der Antike keine Rolle, zweitens - und jetzt ernsthaft – erfordert die Frage nach dem Glück eine ganzheitliche Betrachtung der Lebensumstände. Wenn man einzelne Teile des Ganzen herausgreift, mag man zu dem Ergebnis kommen, dass hier etwas glücklich gelaufen ist, das bedeutet aber noch kein glückliches Leben".

Will gab nicht auf. Er sagte:

„Dann lass es uns mit Augustinus von Hippo versuchen. Danach liegt das Glück am Ende in Gott".

Karl lachte.

„Da wäre es egal, was man macht, Hauptsache sonntags in die Kirche und zur Beichte. Das hätte seinerzeit ein Anliegen des Betriebsrates sein müssen, einen betrieblichen Beichtvater einzustellen. Da hätte jeder nach der Arbeit seine kleinen Ferkeleien beichten können und wäre erleichtert nach Hause gegangen. Alle Welt hätte sagen können: ‚Müll macht glücklich'. Nein, ich denke, dass das Kant'sche Verständnis vom Glück als Pflichterfüllung unsere Zeit im Müll besser trifft", sagte er vermittelnd.

„Hör auf, das geht gar nicht", widersprach Will, „der Kant hätte es bei uns mit seinem kategorischen Imperativ nicht mal bis zum Niederlassungsleiter gebracht. Wenn alle Unternehmen der Branche sich so verhalten hätten wie wir, wo wäre dann unser Vorsprung geblieben?"

„Der Punkt geht an dich", gestand Karl zu, „aber lass uns nochmal auf die Antike zurückkommen. Da hatten sich die Stoa und der Hedonismus über den Weg zum Glück gestritten. Die Stoiker predigten Tugend, während die Hedoniker das Glück in der Lebenslust sahen. Die Frage lautet danach: Waren wir in unserem Müll-Leben tugendhaft oder lebenslustig?"

„Du vereinfachst das. Es kommt auf die Blickrichtung an. Wenn ich an unsere betriebswirtschaftlichen Ziele denke, war es eine Tugend, den Systembetreiber hinters Licht zu führen, und Spaß hat es auch noch gemacht. Wenn dich aber deine Kinder fragen, ob man betrügen darf, antwortest du: ‚Nein, das führt ins Unglück'. Und bevor du mir jetzt noch mit Schopenhauer kommst, halte ich mal als Zwischenergebnis fest, dass Philosophie und Müll nichts miteinander zu tun haben. Aber wie ist es in deiner Tätigkeit als Anwalt? Gibt es dort das große Glück?"

„Wenn man nicht in eine Organisation eingebunden ist und sich die Freiheit nehmen kann, das anzustreben, was erreichbar ist, kommt man dem Glück in dem Sinne näher, dass Phasen der Enttäuschung ausbleiben. Aber um das zu erkennen, muss man vorher das Gegenteil erfahren haben. Insoweit resümiere ich für mich, dass das Leben im Konzern-Müll eine Vorstufe zur glückbringenden Erkenntnis ist. Vielleicht haben wir die *Göttliche Komödie* von *Dante Alighieri* nachgespielt, die neun Kreise der Hölle durchlaufen, um am Ende im Purgatorium zu landen", sagte Karl.

„Also: *per aspera ad astra*", fasste Will zusammen, „dafür haben wir jetzt fast eine Flasche Wein gebraucht..."

Sie nahmen noch einen Espresso, erzählten ein wenig von ihren Töchtern und verabschiedeten sich dann.

Eine Woche später war Karl auf dem Weg zu seinem Freund Bernd in Essen, mit dem er sich in jährlichen Abständen traf, um über fachbezogene Themen, über die jeweiligen Kinder, vor allem aber über alte Autos zu sprechen. Sie hatten in jungen Jahren in demselben Büro gearbeitet, Bernd als Steuerberater auf dem Weg zum Wirtschaftsprüfer, während Karl in der Rechtsabteilung tätig war. Sie waren beide ledig und jung, woraus sich ein gemeinsames Interessenfeld ergab: Mädels. Die Arbeitsbelastung war für beide hoch, sodass sie ihre Zeit für das Screening der Damenwelt zu ökonomisieren hatten..

Ihnen kam die Idee, den zeitlichen Aufwand durch die Aufgabe von Anzeigen zu beschränken. Das hatte Erfolg, allerdings nicht den gewünschten. Bei ihrer Jagd gingen die beiden behutsam vor. Wenn eine Verabredung im Doppelpack gelungen war, betrat zunächst nur einer ohne das verabredete Erkennungszeichen das Lokal und setzte sich unauffällig an die Theke. Der andere wartete draußen. Hielt der Späher das Wild für jagdwürdig, verließ er das Lokal wieder und sie kamen zusammen mit Erkennungszeichen freudestrahlend in das Lokal. Nach Karls Erinnerung gab es diesen Ablauf nur einmal. Meistens kam der Späher entsetzt nach draußen und drängte auf sofortigen Rückzug. Die beiden resümierten, dass Traumfrauen wohl keine Zeitung lasen.

Diese Episode wärmten die beiden im Laufe der späteren Jahre bei ihren Treffen immer wieder einmal genüsslich auf, wenn sie sicher waren, von ihren Ehefrauen nicht gehört zu werden. Sie ähnelten dabei Leistungssportlern, die im Alter von ihren sieglosen Wettkämpfen schwadronieren.

Karl war heute alleine unterwegs und dachte, jetzt könne er die Gelegenheit nutzen, seinen inzwischen betagten Porsche noch einmal ordentlich laufen zu lassen. „Zündkerzen putzen" hatte man das früher genannt. Die Autobahn war einigermaßen frei, nur rechts fuhren wie immer LKWs in Kolonne. Der Tacho zeigte gut zweihundertzwanzig und Karl beschleunigte weiter. Ihm war klar, dass ein ausscherender Lkw Lebensgefahr bedeutete, aber er war sich sicher, die Überholabsicht eines Lkw schon von weitem erahnen zu können. Diese Situation war ihm nicht neu, in jüngeren Jahren hatte er dies wiederholt erlebt.

Seine letzte Wahrnehmung war ein weißes Führerhaus mit einer Firmenaufschrift in roter Farbe auf der Tür sowie die abgeplante Seitenwand eines Aufliegers, als der Lkw auf die linke Überholspur zog. Den Aufprall und das Abheben seines Wagens nahm er schon nicht mehr wahr. Er verstarb auf dem Transport ins Krankenhaus.

Der am Unfall beteiligte Lkw trug auf der Vorder- und Rückseite ein Schild mit einem großen „A", die Kennzeichnung für Abfalltransporte. Der Müll hatte Karl ein letztes Mal eingeholt.

Impressum
Dr. Günther Teufel
In der Stieg 11
IdNr.: 83102957942
gu-te@t-online.de

Verlag: BoD · Books on Demand GmbH, Überseering 33,
22297 Hamburg, bod@bod.de
Druck: Libri Plureos GmbH, Friedensallee 273,
22763 Hamburg
ISBN: 978-3-8192-4647-0